诗说桐庐

董利荣——著

Shishuo
Tonglu

团结出版社
UNITY PRESS

图书在版编目(CIP)数据

诗说桐庐 / 董利荣著. —— 北京:团结出版社,
2020.6 (2023.7重印)
ISBN 978-7-5126-7891-0

Ⅰ. ①诗… Ⅱ. ①董… Ⅲ. ①古典诗歌–诗歌欣赏–
中国–文集 Ⅳ. ①I207.2–53

中国版本图书馆 CIP 数据核字(2020)第 072303 号

出　　版:团结出版社
　　　　　(北京市东城区东皇城根南街 84 号　邮编:100006)
电　　话:(010) 65228880　65244790
网　　址:www.tjpress.com
E－mail:65244790@163.com
出版策划:力扬文化
经　　销:全国新华书店
印　　刷:成都兴怡包装装潢有限公司

开　　本:880mm×1230mm　1/32
印　　张:8.625
字　　数:170 千字
版　　次:2020 年 6 月第 1 版
印　　次:2023 年 7 月第 2 次印刷

书　　号:ISBN 978-7-5126-7891-0
定　　价:48.00 元

"潇洒桐庐" 富春山居
文旅丛书第一辑编委会

目 录
Contents

诗中寻味觅色

走近诗人诗作

品诗词游桐庐

序一

在 2020 年 1 月召开的浙江省第十三届人民代表大会第三次会议上，袁家军省长作省政府工作报告时指出：

制定实施诗路文化带发展规划，推进浙东唐诗之路、钱塘江诗路、瓯江山水诗路、大运河（浙江）文化带建设，谋划建设十大名山公园和十大海岛公园，打响"百县千碗"品牌，"诗画浙江"影响力不断扩大。

这是继 2018 年 1 月首次提出"积极打造浙东唐诗之路和钱塘江唐诗之路"后，袁家军省长第三次在省政府工作报告中提及诗路文化建设。

从两条诗路，到四条诗路文化带；从钱塘江唐诗之路，到钱塘江诗路。两年多来，我省的诗路文化建设方兴未艾，并不断完善。浙江省人民政府还于 2019 年 12 月制订印发了《浙江省诗路文化带发展规划》，明确指出："诗路文化带建设是一项重大创新。诗路文化带是承载浙江文化振兴和产业发展的综合平台，是推进人文浙江建设的时代亮点，是'美丽浙江'大花园建设的诗意灵魂和标志性工程。'四条诗路'，是串联浙江文化精华之'链'，是串联浙江诗画山水之'链'，是串联浙江全域发展之'链'，对深入践行'两山'理念，打造美美与共的现代版'富春山居图'，擦亮'诗画浙江'金名片，全面推进'两个高水平'建设具有重要意义。"

文旅系统无疑应该成为诗路文化建设的先行军主力军。浙江省文化和旅游厅于 2019 年 7 月召开全省文化和旅游系统"四条诗路"建设工作培训会议，对全省文旅系统深入贯彻省委、省政府重要战略部署进行再落实。会议强调要继续提高站位和思想认识，在诗路推进上要有自我担当；要加快和深化诗路文旅融合，通过文化提升旅游品味，以文旅融合的思路拓展旅游空间。并就四条诗路黄金旅游带三年行动计划的实施进行动员。

桐庐地处钱塘江中游，是钱塘江诗路黄金旅游带上的明珠。桐庐历史悠久，文化灿烂。尤其是从魏晋南北朝以来，历朝历代知名诗人为桐庐留下数千首诗词佳作，形成了"诗词文化"和"药祖文化""隐逸文化"三大文化品牌。桐庐交通便利，风景秀丽。自古以来就是旅游胜地，曾经名列"县级旅游之冠"。在如今文旅融合的大背景下，桐庐理应在诗路文化建设中大有作为大显身手，以诗路文化助推旅游发展。为尽快融入全省诗路文化带建设之中，桐庐县委、县政府去年邀请浙江师范大学诗路文化研究院为我县编制诗路文化发展规划，规划要求我县继续加强诗路文化的研究与宣传。桐庐县文化和广电旅游体育局为此推出

"'潇洒桐庐'富春山居文旅丛书",决定首推富春江诗词与桐庐旅游相关的诗路文旅专著,这一项目得到桐庐县委宣传部的大力支持。

"'潇洒桐庐'富春山居文旅丛书"第一辑《诗说桐庐》,作者董利荣是我县资深文史研究者,他多年致力于富春江诗词的研究和推广,已在各类报刊发表关于桐庐诗词研究的文章数十篇。这些文章为宣传推介潇洒桐庐发挥了积极的作用,他提出的一些崭新观点也受到不同程度的关注,产生了一定的影响。为综合发挥这些文章的宣传效应,现征得作者同意,特将其汇编成册,正式出版。

《诗说桐庐》是一部名副其实的文旅融合专著。希望此书能够为钱塘江诗路文化带建设,贡献一份桐庐力量。

是为序。

桐庐县文化和广电旅游体育局
2020 年 4 月

从流飘荡　任意东西

陆春祥

朱元思，或宋元思，他是幸运的，我们因吴均的一封信而记住了他。

一千五百年前的某个春日，安吉人吴均，畅游了富春江，被两岸景色迷住，自富阳至桐庐的一百许里水路，如刀刻般印在他脑子里，朱元思呀，那景色，我给你形容一下吧，八个字：奇山异水，天下独绝！我坐在船上，观两岸，看眼前，风烟俱净，天山共色。我们，从流飘荡，任意东西。

现在，我读完董利荣兄的《诗说桐庐》，也正和吴均一样，在桐庐的诗海里，顺着诗流飘荡，任文字自由往东往西。我要将满心的欢喜与您分享，虽然我不是吴均，可您就是朱元思。

1

严光隐居富春山，他自己万万没有想到，富春江山水，近两千年来，一切都因他而灵动活泼起来了。桐庐，成了隐逸文化的重要起源点，也成了历代文人雅士的精神朝圣地。

谢灵运，奔着他心中的偶像严光来了。

谢灵运对山水的喜爱，爱在了骨子里。他甚至组织人马，从他家的别墅始宁山庄开始，一路砍山伐树到临海，为的就是要看剡溪两岸的景色，他登天姥山创制的鞋子，"谢公屐"，让李太白做着美梦，一路追着。自然，他是不会放过富春山水的，那里隐居过的严光，同是会稽人，他必须去。他去永嘉做太守，这富春江，也是必经之路。这一下，就写了四首诗，而且，主要是写富春江，写严子陵钓台。《富春渚》《夜发石关亭》《初往新安至桐庐口》《七里濑》，这四首诗中，后三首，全部写桐庐境内的人文风光。

打开《诗说桐庐》，现在我们来看他的名篇《七里濑》：

> 羁心积秋晨，晨积展游眺。
>
> 孤客伤逝湍，徒旅苦奔峭。
>
> 石浅水潺湲，日落山照曜。
>
> 荒林纷沃若，哀禽相叫啸。
>
> 遭物悼迁斥，存期得要妙。
>
> 既秉上皇心，岂屑末代诮。
>
> 目睹严子濑，想属任公钓。
>
> 谁谓古今殊，异世可同调。

濑的本义是沙石上流过的急水。七里濑，又称严陵濑，子陵濑，严滩，就是严光隐居地的这一段江，现被人称为"富春江小三峡"，上至建德的梅城，下到桐庐的芦茨埠，是百里富春江最优美灵秀的江段。

谢灵运，显然是心事重重，昨晚没睡好，不过，虽是贬谪，还是要赶路去赴任的。小船逆流慢行，秋天的早晨，这富春江的景色确实怡人，看着那满山红了的枫叶，急流的江水，陡峭的江岸，还有，荒山野外，落叶纷纷，秋日里的禽鸟，叫声就开始凄凉起来了。也有好心情，傍晚边，船过江流平缓地段，清流中石头都看得很清晰，水流得也缓慢，那太阳落下去的柔光，照得满山生辉。贬谪的游子，触景伤怀，不过，我已经悟出了人与自然和谐相处的微妙道理，我根本不在乎别人如何看我，这严子陵，那任公，都是我学习的榜样。只要有一颗安定的内心，就可以志存高远，这个道理，古今都一样。

据董利荣兄的不完全统计，向严光表达敬意的唐代诗人就有七十多位，洪子舆，李白，孟浩然，孟郊，权德舆，白居易，吴筠，李德裕，张祜，陆龟蒙，皮日休，韩愈，吴融，杜荀鹤，罗隐，韦庄，包括曾在睦州做过官的刘长卿、杜牧，隐居桐庐的严维、贯休，还有桐庐籍诗人方干、徐凝、施肩吾、章八元、章孝标、章碣等，是他们，织起了一条绚烂的唐诗西路，诗人们借景抒情，借人抒怀，严光，桐庐富春山的钓台，几成了赛诗台。

2

范仲淹高规格修缮严先生祠，严光的文化地位得到空前提升，严光于是正式成了桐庐山水的代言人，他就是富春江的灵魂核心，文人们朝拜严先生也加快了脚步，并且，他们纷纷为桐庐的山水折服，有几千首诗文为证，有《诗说桐庐》的条分缕析为证。

自然要说到《潇洒桐庐郡十绝》，对一个地方一咏十叹，这需要一种别样的感情。

我努力进入范仲淹诗歌的场景，从之一到之十，几乎每一首，都是他对睦州大地、富春江山水的心灵倾吐。青山，白云，流泉，竹林，绿波，兰舟，江岸，人家，一个个影像，次第而来，换一个季节，晴日和雨日，这些影像还会不断变幻，给范仲淹以各种惊喜，也同样使今天的我们欣喜万分。

我多次写到第六首中的"春山半是茶"，我以为这是十绝中除标题"潇洒桐庐郡"以外的诗眼，中心句，绝配。惊蛰雷声过后，雨前茶就会慢慢冒出茶树，睦州遍山都是茶的世界，就质量而言，茶圣陆羽早就说了，桐庐是睦州茶之最。范仲淹的春山，满是浸染透了的翠绿，那是富春江水滋润而成，富春山中隐居着的新叶，凝聚起天地间的绿色精华，为严光带去隐居的悠闲，为农人们带来满满的欢喜。

董利荣兄对范仲淹可谓别样钟情，十几年前我就读过他的专著《范仲淹与潇洒桐庐》，今天再读《诗说桐庐》，他的机杼识见依然活跃在字里行间，桐庐的范仲淹纪念馆，也是在他的力推下建设而成。虽然范仲淹在睦州的时间，只有短短的半年，但他修严光祠，写严先生祠堂记，创办书院，关于桐庐郡的系列诗歌，到今天依然产生着巨大的影响，我们完全可以这样理解，桐庐山水的魂魄中，有一部分就是因宋朝"第一流人物"范仲淹的诗歌而凝聚成的。

3

富春江那一江的春水，充满着诗意的灵性，皆因严光而生动具体，自谢灵运叹吟严光后，一直到清末，数千首诗词将这百里春江填盈得要满溢出来，富春江的每一滴水，富春江两岸的每一片绿叶，两岸峡谷上空的每一朵云彩，都有诗意在飘荡，我们真的可以如吴均一样，任意东西。

几十年来，董利荣兄从如海的诗歌中撮取精华，独特的理解，多个角度，锻造成章，风物美味，春夏秋冬，晴雨雾雪，我们一一细吟，桐庐，桐庐，桐庐，千百年来，诗文中有这么多的桐庐，实在让人惊叹不已，我们的认识于是逐渐深刻，我们的视野因此逐渐广阔，桐庐人的自豪感油然而生。至少，董利荣的研究，给我平时关于桐庐的写作，提供了良好的借鉴，比如他认为桐庐是山水诗和茶文化的发祥地，浙西唐诗之路观点的提出，都具有相当的远见，对桐庐知名度的提升、美誉度的打造，均有积极意义。

4

将七千多首诗词榨干吃净，桐庐人应该要有这样的雄心和决心，这是历代先贤和瑰丽的桐庐山水留给我们的宝贵精神财富，谁继承得好，谁就是富翁。

作为先"富"起来的董利荣兄，依然有重任在肩。我还希望，在这份精神财富榜单上，如桐庐的实体产业一样，不断涌现出新的上榜富豪，与茶同野，与江同洁，与富春山水同韵，唯文化永留传。

顺诗流去飘荡，我任意往东西。

是为序。

庚子桐月
杭州壹庐

（序者为鲁迅文学奖得主，浙江省作协副主席）

◎ 桐江诗论新说

桐庐县作

钱塘江尽到桐庐，水碧山青画不如。
白羽鸟飞严子濑，绿蓑人钓季鹰鱼。
潭心倒影时开合，谷口闲云自卷舒。
此境只应词客爱，投文空吊木玄虚。

"唐诗西路"话桐庐

从浙东"唐诗之路"到"唐诗西路"

2015 年 6 月 24 日，浙江省诗词与楹联学会在桐庐县举行"唐诗西路"授牌仪式，祁茗田会长将一块命名我县为"唐诗西路"的铜牌授予县委常委宣传部长王优健，从此，我县的人文桐庐建设又增添了浓重的一笔。

正如省诗词与楹联学会在《关于授予桐庐县"唐诗西路"称号的决定》中所言："我们认为，相较于浙东'唐诗之路'，桐庐县的'唐诗西路'也是客观存在，应给予高度重视和深入研究。这对于弘扬我国优秀的传统文化，培育社会主义核心价值观以及发展旅游经济都有不可替代的积极意义。正是基于以上考量，特授予桐庐'唐诗西路'称号。"

应该说，省诗词与楹联学会作为全省诗词与楹联创作、研究的权威学术团体，授予我县这样一块牌子是富有含金量的。县诗词楹联学会在其中出了大力，功不可没。

　　然而，我们必须承认，相较于浙东"唐诗之路"的深度研究与广泛宣传，我们对于"唐诗西路"的研究与宣传还显得滞后。"唐诗西路"的命名其实给我们提出了一个庞大的课题，有待于我们去挖掘去研究。

　　《"唐诗西路"话桐庐》是我由这一课题引出的一点粗略研究与思考，权作对这一品牌的普及与宣传，更期待能够抛砖引玉。

　　浙东"唐诗之路"西起杭州萧山的闻堰，经绍兴、嵊县、新昌、天台、临海直至宁波。沿途有镜湖、曹娥江、剡溪、天姥山、天台山等名胜，留有《梦游天姥吟留别》《舟中晓望天台》等著名诗篇。

　　而"唐诗西路"或称浙西唐诗之路，其实就是"钱塘江—富春江—新安江"这条浙江的母亲河。它东起杭州的钱塘江渡口与萧山的闻堰，西至与安徽交界的新安江口，经杭州、萧山、富阳、桐庐、建德、淳安一直到安徽，其中最精华的一段，便在桐庐县境内，因而桐庐拥有"唐诗西路"的命名也是恰如其分的。

　　桐庐境内是唐朝诗人涉足最多、留下诗作最多的地方。细究起来，我以为原因有三：一是桐庐"天下独绝"的自然风光。桐庐境内的"奇山异水"，在唐代之前就通过谢灵运、吴均等人的诗文闻名遐迩。二是得天独厚的交通优势。桐庐境内的富春江和分水江是古代两条天然交通要道，而桐庐恰好处于枢纽地位，是南来北往的必经之地。第三个更重要的原因是独一无二的名胜古迹。桐庐县境内有严子陵钓台。严子陵是我国古代文人的精神偶像，严子陵钓台是古代文人向往的精神家园。唐代诗人慕名前来拜谒严子陵旧迹留下怀古诗篇太在情理之中了。因此，桐庐被授予"唐诗西路"当之无愧。

当然，我们还应该立足桐庐放眼整个钱塘江流域，去追寻唐代诗人的足迹。

唐朝的桐庐诗人

在唐朝灿若群星的诗人之中，也有几颗耀眼的星星是桐庐诗人。著名的《全唐诗》共入编诗人 2200 余人之多，而其中的 278 位被元代学者辛文房立传编入 10 卷本的《唐才子传》，其中桐庐诗人就有 6 位，分别是章八元（卷四）、徐凝、章孝标、施肩吾（卷六）、方干（卷七）、章碣（卷九）。能入选《唐才子传》的，完全可以说是唐朝的著名诗人，桐庐一县就有 6 位，这在今天全国的县域当中，绝对算得上是名列前茅的。

在这六位诗人当中，章八元、章孝标、章碣是祖孙三代，俗称"三章"。《唐才子传·章八元》开篇写道："八元，睦州桐庐人。"章八元是睦州桐庐县常乐乡（今桐庐县横村镇）人，是大历年间进士。章孝标是章八元之子，而章碣则是孝标之子，也都是进士。因而横村胜峰一带至今还流传着"一门三进士，祖孙是诗人"的佳话。我们知道，过去的读书人一旦考中进士，便成了官员，而他们同时又是文人。"三章"当年都是有一定影响的诗人。章碣的诗千年之后还受到毛泽东主席的推崇，毛主席多次书写章碣诗作。

　　徐凝是唐代睦州分水县（今桐庐县分水镇）柏山村人。《唐才子传·徐凝》是这样介绍他的："凝，睦州人。元和间有诗名。方干师事之。与施肩吾同里闬。"可见其诗名之大。他与白居易、元稹有很深的交情。白居易对徐凝写牡丹的诗尤为推崇。记得2008年4月洛阳牡丹节期间我有幸去观摩全国书法展，宣传品中唯一选用的古诗便是"唐·徐凝"的《牡丹》："何人不爱牡丹花，占断城中好物华。疑是洛川神女作，千娇万态破朝霞。"至今这个印有徐凝诗作的宣传品还放在我书房的显眼位置。徐凝不仅诗写得好，而且书法也著称于时。如今的分水镇柏山村公园内树立的徐凝石雕像，便是他手握毛笔的形象。

　　桐庐的另一位唐朝诗人不得不着重说一说，因为他的归属历来有争议。《唐才子传·施肩吾》开篇也只是这样笼统介绍："肩吾，字希圣，睦州人。"确切地说，施肩吾是唐睦州分水县人。他的出生地分水县招贤乡后来划归新城县（今属杭州市富阳区）。因而如今富阳对于施肩吾的研究较重视。施肩吾在唐元和十五年（820）中庚子科进士，被钦赐状元及第。无怪乎其归属历来都要争抢。我的观点是，对历史名人不必争抢，而应共享。一个地方只要有理有据地做好用好历史名人与本地的结合文章，就是硬道理。施肩吾毕竟历史上是分水人，曾在分水五云山上就学，如今桐庐县分水中学的校园内仍竖着唐状元施肩吾读书处的石碑。分水镇目前建起了进士馆，其中着重介绍了施肩吾，实在是明智之举。施肩吾在唐代也是一位有影响的诗人，《全唐诗》收录其诗197首。

　　前面介绍的5位唐朝桐庐诗人均为进士，既是官员，又是文人。而晚唐诗人方干因缺唇貌陋中举不第，布衣一生，可他却诗名最显。《唐才子传·方干》一篇也是桐庐诗人中篇幅最长的（整部《唐才子传》中也是较长的）。"干，字雄飞，桐庐人。幼有清才，散拙无营务。大中中，举进士不第，隐居镜湖中。湖北有茅斋，湖西有松岛，每风清月明，携稚子邻叟，轻棹往返，甚惬素心。所住水木幽阒，一草一花，俱能留客。"《唐才子传》方干篇开头部分对方干的介绍与描述简洁而传神。如此精彩的描写在整部《唐才子传》中我以为也是不多见的。方干不仅在生前深得姚合、徐凝、罗隐、贾岛等著名诗人的赏识，睦州建德诗人李频还拜方干为师。方干死后，门生私谥其为"玄英先生"，并为他编辑诗集10卷370余首，唐朝诗人王赞为其写序，方干的忘年交台州人孙郃不仅写了《玄英先生传》，而且在《哭玄英先生》一诗中称赞他"官无一寸禄，名传千万里"。方干是"睦州诗派"的杰出代表。《严州诗词》（天津古籍出版社2011年1月版）中收录唐代至清代歌咏方干的诗作达百余首，在唐朝睦州诗人中是绝无仅有的。北宋范仲淹知睦州时二访方干故里，写了多首诗赞扬方干，并请人在严先生祠堂东壁画上方干像，与严子陵并祀。

　　《全唐诗》收有方干诗10卷348首，从数量上看在两千余名诗人中位列第25位。而其诗的质量和方干的诗名，孙郃评价："广明中和间为律诗，江之南未有及者。"王赞称誉："吴越故多诗人，未有新定方干擅名于杭越，流声于京洛。"晚唐著名诗人吴融更是赞叹："把笔尽为诗，何人敌夫子。句满天下口，名聒天下耳。"

方干故里在今桐庐县富春江镇芦茨村，是杭州市风情小镇，目前正在打造浙江省唯一的慢生活体验区。我以为在建设慢生活体验区的过程中，我们应该好好开发一下方干这座历史文化金矿。

唐朝的桐庐诗人除了上述 6 位之外，另外如方干的父亲方肃应该也是。孙郃在《玄英先生传》中介绍：方干"父曰肃，举进士，章协律八元美其诗，以其子妻之。八元即先生外王父也。"从中可知章八元赏识方肃的诗才，把自己的女儿都嫁给方肃为妻。而章八元便成了方干的外祖父（外王父）。只是方肃的诗竟然一首也没有流传下来，或许是被方干的诗才掩盖住了吧！另一位桐庐诗人是唐大中进士陈毅，他是桐庐三合人，现仅存他的一首《钓台》诗。

以上这些桐庐诗人，无疑是桐庐作为"唐诗西路"的有力支撑。

来过桐庐的唐朝诗人

前文已经说过，由于桐庐天下独绝的山水风光、得天独厚的交通优势和独一无二的钓台胜迹，吸引了历朝历代的文人雅士来到桐庐。就连我国山水诗的鼻祖南北朝时的谢灵运都来桐庐创作了《富春渚》《夜发石关亭》《七里濑》《初往新安至桐庐口》等多首诗作，因而我认为桐庐也是我国山水诗的发祥地之一。

　　究竟有多少知名的唐朝诗人来过桐庐？有人说 50 余位，有人说 70 余位。我以为将近百位。前些年建德市政协文史委编了一套《严州诗词》（上下册），其中收录唐朝诗人 106 位，除去桐庐的 7 位其他有 99 位，尽管其中有部分诗人没有留下桐庐诗作，但我推想他们应该到过桐庐，至少途经过桐庐。而来过桐庐当时写过诗却因故没有留存作品的诗人我想应该更多。

　　在来过桐庐并有诗作流传下来的七八十位诗人当中，著名的有孟浩然、王维、李白、崔颢、刘长卿、严维、孟郊、张继、韩愈、张籍、白居易、张祜、杜牧、李频、陆龟蒙、罗隐、吴融、杜荀鹤、韦庄、王贞白、皎然、贯休等。唐朝三大诗人中的李白和白居易都来过桐庐，并写下多首诗作。李白的《古风》《酬崔侍御》、白居易的《宿桐庐馆同崔存度醉后作》《凭李睦州访徐凝山人》都是桐庐诗中的名作。

　　来过桐庐的唐朝诗人大致可分为如下几类，一类是在睦州做过官的，如刘长卿、杜牧。刘长卿写有《奉使新安自桐庐县经严陵钓台宿七里滩下寄使院诸公》《送张十八归桐庐》《严陵钓台送李康成赴江东使》《严子陵濑东送马处直归苏》等诗，从题目便可想见他当年在桐庐的一些活动痕迹。杜牧除了写有著名的《睦州四韵》外，另一首著名的桐庐诗便是《夜泊桐庐先寄苏台卢郎中》："水槛桐庐馆，归舟系石根。笛吹孤戍月，犬吠隔溪村。十载违清裁，幽怀未一论。苏台菊花节，何处与开樽。" 第二类是曾经隐居于桐庐的诗人，如严维、皎然、贯休等。严维是唐越州山阴（今绍兴）人，曾隐居桐庐，是章八元的老师。严维写有脍炙人口的《发桐庐寄刘员外》一诗，"处处云山无尽时，桐庐南望转参差。舟人莫道新安近，欲上潺湲行自迟。"皎然本姓谢，是唐朝一位诗僧，湖州长城（今长兴县）人，他在桐庐久居后写有《早秋桐庐思归示道谚上人》一诗，"桐江秋信早，忆在故山时"与"可即关吾事，归心自有期"的诗句表达了他对故乡故土的思念。皎然的另一首《夏日题桐庐杨明府纳凉山斋》，写了他在桐庐与友人交往的情景。另一位唐朝著名诗僧贯休是兰溪人，俗姓姜氏，他曾写有《桐江闲居作十二首》，一看题目便知他在桐庐隐居时悠然自得的生活情景。第三类大概是来桐庐凭吊严光、游览名胜、探访故人的，这一类占绝大多数。《严州诗词》共收入唐诗 355 首，其中单单严光与钓台入诗题的便有 30 首，如张继《题严陵钓台》、陆龟蒙《严光钓台》、杜荀鹤《经严陵钓台》、王贞白《题严陵钓台》《钓台》等。而题目没有出现钓台，诗中写到钓台的则更多，比如李白的《古风》，主题就是歌咏严子陵的："昭昭严子陵，垂钓沧波间。"探访故人的如崔峒的《题桐庐李明府官舍》、孟郊的《桐庐山中赠李明府》、许浑的《赠桐庐房明府先辈》等。

再有一类就是途经桐庐，如孟浩然《宿桐庐江寄广陵旧游》、权德舆《自桐庐如兰溪有寄》、张祜《夕次桐庐》、李郢《友人适越路过桐庐寄题江驿》等，都告诉我们这些诗人至少曾经路过桐庐。

来过桐庐的唐朝诗人写了如此众多的桐庐诗作，实在是桐庐之幸。

唐诗中的桐庐

众多题咏桐庐的唐诗，写尽了当时桐庐的自然风光与人文风情。这其中，最让人啧啧称道的，莫过于韦庄的《桐庐县作》：

> 钱塘江尽到桐庐，水碧山青画不如。
> 白羽鸟飞严子濑，绿蓑人钓季鹰鱼。
> 潭心倒影时开合，谷口闲云自卷舒。
> 此境只应词客爱，投文空吊木玄虚。

这是一首盛赞桐庐自然与人文的七律。首联明白如话，对桐庐的赞美溢于言表，而且它对桐庐山水的称赞超乎寻常所说的如画，而是说"画不如"，这便把赞美推向了极致。此联首句亦作"钱塘江尽相庐县"。颔联用一个镜头和一个典故，表现了严子陵钓台的幽悠风光和严先生的高风亮节。青山绿水、白鸟蓑人组合成一幅严子陵垂钓图。颈联是写景，水中倒影和山头浮云悠闲自在地时隐时现、时卷时舒着，为垂钓图勾勒出背景。整幅画面有远有近、有高有低、有虚有实。难怪诗人最后一联要说，这样的美景只有诗词大家才能喜欢并表达出来，"我"写这首诗无非是对空凭吊大文豪木玄虚（西晋文学家）罢了。这是韦庄的自谦，这位"花间派"的代表人物无疑是诗词大家，他的这首《桐庐县作》实在是难得的佳作。

韦庄的这首诗千余年来为桐庐人脍炙人口、耳熟能详。首联"钱塘江尽到桐庐，水碧山青画不如"，至今仍被广为引用。韦庄对桐庐的贡献不仅仅是写了《桐庐县作》，"犹喜韦补阙，扬名荐天子。"韦庄竭力向朝廷奏请，追赐桐庐诗人方干为进士，为宣传推介方干出了大力。

在《严州诗词》入编的 355 首唐诗中，地名写入诗歌题目的除钓台外，要算"桐庐"了，远比睦州等地多，其他还有"桐江""七里滩（濑）"也都是桐庐境内的地名，我觉得应该为建德同仁的求实作风和大气胸襟点赞。桐庐入题的除前面提到过的外，还有比如章八元的《归桐庐旧居寄严长史》、施肩吾的《过桐庐场郑判官》《桐庐厅睹论事叟》、方干的《题桐庐谢逸人江居》《桐庐江阁》《与桐庐郑明府》《思桐庐旧居便送鉴上人》等，从这些诗题便可知道桐庐在唐代就是一个知名度和美誉度很高的地方。

关于桐庐在唐朝时知名度之高，唐代四大女诗人之一的刘采春收入《全唐诗》的一首小曲可以佐证："那年离别日，只道往桐庐。桐庐人不见，今得广州书。"此诗写商人丈夫外出经商，行踪无定。而从中可知桐庐那时显然是个商业繁华之地，也是交通枢纽之地。清朝学者李锳在《诗法易简录》中分析道："桐庐已无归期。今在广州，去家益远，归期益无日矣。只淡淡叙事，而深情无尽。"桐庐几乎已与广州相提并论了。唐朝时桐庐的名声可想而知。

今天我们通过阅读唐诗，还可以想见千年之前桐庐的繁华景象，如白居易有诗题《宿桐庐馆同崔存度醉后作》，杜牧有诗句"水槛桐庐馆，归舟系石根"，都告诉我们唐朝时桐庐馆驿颇具规模。而施肩吾的《过桐庐场郑判官》一诗更是详细描写了桐庐当时茶叶交易市场的繁华景象。"醉来引客上红楼，面前一道桐溪流"的诗句说明唐朝时的桐庐东门头江边一带就已是一处繁华之地了。

我在诵读描写桐庐的唐诗时，常常会想，真的应该感谢那些诗人，让我们今天多少还能从唐诗中了解一点唐朝时桐庐的人和事、景和物，想象一下唐朝时桐庐的模样。

那么，唐诗中的桐庐究竟是个什么样子呢？一言以蔽之——

水碧山青画不如！

（此文首载 2015 年 9 期《杭州政协·万象天地》文史专栏，又载 2016 年第 12 期《走遍中国》杂志）

桐庐，我国山水诗的发祥地

2015 年"唐诗西路"称号落户桐庐之后，我有感而发写了《"唐诗西路"话桐庐》一文，在文中提出"桐庐是我国山水诗的发祥地之一"的观点。由于该文主要讨论唐诗与桐庐的关系，因而未对这一命题展开论述。这一观点受到朋友的关注，也引起一些人的兴趣，现就此作一点阐释。

我们知道，我国山水诗发端于先秦两汉，在魏晋南北朝时期正式形成，南朝宋的谢灵运是公认的中国山水诗鼻祖。

谢灵运（385—438），原名谢公义，字灵运，祖籍陈郡阳夏（今河南太康），生长于会稽（今浙江绍兴）。谢灵运因其祖父生前系康乐县令，被袭封康乐公，人称谢康乐。后入仕，曾被贬为永嘉太守，一年后便辞官去职，一生游历，写下大量吟咏山水的诗作。谢灵运是最早游历富春江的诗人，也是最早描写富春山水的诗人，而且其关注点主要在桐庐，因为桐庐境内有东汉古迹严子陵钓台。

现存谢灵运富春江诗共 4 首,即《富春渚》《夜发石关亭》《七里濑》《初往新安至桐庐口》。

《富春渚》是谢灵运富春江山水诗的开篇之作。全诗如下:

> 宵济渔浦潭,旦及富春郭。
>
> 定山缅云雾,赤亭无淹薄。
>
> 溯流触惊急,临圻阻参错。
>
> 亮乏伯昏分,险过吕梁壑。
>
> 洊至宜便习,兼山贵止托。
>
> 平生协幽期,沦踬困微弱。
>
> 久露干禄请,始果远游诺。
>
> 宿心渐申写,万事俱零落。
>
> 怀抱既昭旷,外物徒龙蠖。

此诗主要交代了作者的行程及心情,少有景物描写,因此严格来说,此诗还不完全是山水诗,或者说只是山水诗的雏形。而《七里濑》则是谢灵运早期山水诗的代表作。全诗是这样的:

> 羁心积秋晨,晨积展游眺。
>
> 孤客伤逝湍,徒旅苦奔峭。
>
> 石浅水潺湲,日落山照曜。
>
> 荒林纷沃若,哀禽相叫啸。

遣物悼迁斥，存期得要妙。

既秉上皇心，岂屑末代诮。

目睹严子濑，想属任公钓。

谁谓古今殊，异世可同调。

　　七里濑即七里滩、七里泷，又称严陵濑、严子濑。这首诗中既有"石浅水潺湲，日落山照曜"这样的景物描写，也有"目睹严子濑，想属任公钓"这样的怀古抒情。可以说，因为严子陵钓台，谢灵运的山水诗从一开始就不是纯粹的写景诗作，而是夹杂着人文情怀。

　　谢灵运的《初往新安至桐庐口》一诗同样既有"感节良已深，怀古亦云思"的议论，又有"江山共开旷，云日相照媚"的描写。在诗人眼里，桐庐口的风光"景夕群物清，对玩咸可喜"。

　　不仅中国山水诗的开创者谢灵运盛赞桐庐自然风光，而且其同时代的另外几位诗人也都写有桐庐山水诗，如南朝梁的任昉（460—508）写有《严陵濑》《赠郭桐庐出溪口见候余既未至郭仍进村维舟久之郭生方至》，另一位南朝梁的沈约（441—513）也写有《严陵濑》，还有一位南朝梁的王筠（481—549）写有《东阳还经严陵濑赠萧大夫》，而且他们都把关注点放在桐庐境内的严子陵钓台这一名胜古迹，并且从"朝发富春渚，蓄意忍相思""亲好自斯绝，孤游从此辞"（任昉），"沧浪有时浊，清济涸无津""愿以潺潺水，沾君缨上尘"（沈约）和"子陵徇高尚，超然独长往。钓石宛如新，故态依可想"（王筠）等诗句再次说明，桐庐山水诗从一诞生起便蕴含了丰富的人文情愫。

因此，可以说桐庐这方胜境不仅为我国山水诗的发祥提供了丰厚的土壤，也为山水诗的内涵提供了丰富的源泉。

（载 2016 年第 4 期《杭州政协·万象天地》文史专栏）

再谈桐庐是中国山水诗的发祥地

本人于 2015 年 9 月首次提出"桐庐是我国山水诗的发祥地之一"的观点后，又于 2016 年初撰写《桐庐，我国山水诗的发祥地》一文予以阐释。言犹未尽。现再次就这一观点加以论述。

一、山水诗鼻祖与发祥地之说

南朝宋诗人谢灵运是公认的中国山水诗鼻祖。

谢灵运（385—433），东晋陈郡阳夏（今河南太康）人，出生在会稽（今绍兴），原为陈郡谢氏士族。东晋名将谢玄之孙，小名"客"，人称谢客。又因祖上曾任康乐县令，被袭封为康乐公，世称谢康公、谢康乐。他是中国文学史上山水诗派的开创者。由谢灵运始，山水诗乃成中国文学史上的一大流派。谢灵运还兼通史学，工于书法，翻译佛经，曾奉诏撰《晋书》。《隋书·经籍志》《晋书》录有《谢灵运集》等 14 种。

由于谢灵运曾任永嘉郡太守，其间写有多首以楠溪江为题材的山水诗，因而温州永嘉县早就提出永嘉是我国山水诗的发祥地。由于永嘉郡相当于今温州地区，如今这一提法已经升格为温州是中国山水诗的发祥地，并且作为一大品牌在 2017 年着力打造，推出了一系列活动。

除温州外，拥有天姥山的绍兴市新昌县因为留有"谢公故居"和李白《梦游天姥吟留别》"谢公宿处今尚在，渌水荡漾清猿啼。脚著谢公屐，身登青云梯"的诗句，也提出新昌是中国山水诗的发祥地。

温州也好，新昌也罢，只要有理有据论证当地是"中国山水诗的发祥地"，都无可厚非。而我们桐庐更应该做深做透这篇文章并叫响这一品牌。

二、"桐庐是中国山水诗的发祥地"之理由

我以为，至少有如下三条理由可以论证"桐庐是中国山水诗的发祥地"。

理由之一，从谢灵运留下的桐庐山水诗看

谢灵运是最早游历富春江的诗人，也是最早描写富春山水的诗人，而且其关注点主要在桐庐，因为桐庐境内有东汉古迹严子陵钓台。

现存谢灵运富春江诗共 4 首，即《富春渚》《夜发石关亭》《七里濑》《初往新安至桐庐口》。其中《夜发石关亭》《七里濑》《初往新安至桐庐口》完全写的是桐庐境内的山水风光与人文风情。

《夜发石关亭》一诗仅有六句：

> 随山逾千里，浮溪将十夕。
>
> 鸟归息舟楫，星阑命行役。
>
> 亭亭晓月映，泠泠朝露滴。

这首诗和其他三首一样，作于永初三年（422）秋，谢灵运赴任永嘉郡太守途中。诗中叙写作者经桐庐石关亭休息后，乘兴游览该亭，然后又出发继续前行的情景。关于石关亭，据明朝《一统志》卷 302 云：

> 高山，在桐庐县东北二十里，壁立巉岩，中有阆仙洞，洞口有石关。入关十步许，曲折而东，忽旷然空明。其北乃洞室也，回环二十余丈，有基坦平，可坐百人。

据此记载，石关应该就在今桐庐县桐君街道阆苑村，这里是古代从杭州去严子陵钓台乃至睦州等地的陆路必经之地。

《夜发石关亭》虽然仅六句，却溶叙事、写景、抒情于一体，已是一首成熟的山水诗。当然，也有论者认为此诗"当有阙文"。

另一首《初往新安至桐庐口》就较完整了，全诗如下：

> 絺绤虽凄其，授衣尚未至。
>
> 感节良已深，怀古亦云思。

> 不有千里棹，孰申百代意。
>
> 远协尚子心，遥得许生计。
>
> 既及泠风善，又即秋水驶。
>
> 江山共开旷，云日相照媚。
>
> 景夕群物清，对玩咸可喜。

诗中既有"感节良已深，怀古亦云思"的议论，又有"江山共开旷，云日相照媚"的描写。在诗人眼里，桐庐口的风光"景夕群物清，对玩咸可喜"。而《七里濑》是其名篇，是谢灵运山水诗的代表作。全诗在上文已有引录，在此略去。

七里濑即桐庐县境内的七里滩，也即诗中所称严子濑。得名于严子陵，此外又称严滩、子陵滩和严陵濑等。这首诗中既有"石浅水潺湲，日落山照曜"这样的景物描写，也有"目睹严子濑，想属任公钓"这样的怀古抒情。

可以说，因为严子陵钓台，谢灵运的山水诗，从一开始就不是纯粹的写景诗作，而是夹杂着人文情怀。

由于谢灵运赴永嘉上任主要靠水路，桐庐几乎是必经之地。有人推测谢灵运写富春江写桐庐山水诗早于写楠溪江写永嘉。《温州日报》记者南航在《谢灵运：永嘉太守，游吟山水》一文中便如此写道：

> 云日相辉映，空水共澄鲜。

永初三年（422）早秋，朝露冷，夕阴浓，当辞别京城邻里的谢灵运拖着病体，怀着一颗悲怨的心钻进方山码头的夜航船，开始贬谪之旅时，并没意识到输在一时，赢在千秋；官场失意，文坛得意，这是一趟真正成就他的山水诗丰收行。

在用沿途的《七里濑》《富春渚》《过始宁墅》《初往新安至桐庐口》等作品小试牛刀后，到达温州的他发现，这个荒僻的永嘉郡原来也是一个他素爱的山水窟，这大大减轻了他出身世家大族、袭封康乐公而遭遇的政治挫折感。（2014年4月9日《温州日报》）

尽管文中说谢灵运在富春江途中所写山水诗是"小试牛刀"，无非表示数量上没有写楠溪江一带的诗多，但时间显然要早于出守永嘉时所写。由此可见，谢灵运的桐庐山水诗是他一生创作的最早的山水诗。

理由之二，从富春江最美一段在桐庐和严子陵钓台的影响力来看

富春江即钱塘江中游的名称，是浙江省境内最大河流，居浙江省八大水系之首。富春江流域作为我国山水诗的发祥地，无论从地理位置还是从人文历史积淀的角度看，都是更有价值的。

那么，为什么说桐庐是中国山水诗的发祥地。原因之一在于富春江在桐庐县境内段是公认风光最佳的一段。富春江在桐庐境内段别称桐江，"桐江山色天下无"。另一个更重要的原因是桐庐境内有严子陵钓台。东汉光武帝刘秀同窗好友严子陵不事王侯，归隐桐庐富春山后，在富春江畔留下一处集自然景观与人文精神于一体的名胜古迹。严子陵是我国古代文人的偶像，严子陵钓台自然成为古代文人向往的精神家园，"往来桐江船，必拜严子祠。"历朝历代慕名前来者络绎不绝。

不仅中国山水诗的开创者谢灵运游富春山水，登钓台古迹，写诗盛赞桐庐自然风光，抒发怀古幽情，而且其同时代的另外几位诗人也都纷纷来此游历，写下桐庐山水诗。如南朝梁任昉（460—508），写有《严陵濑》《赠郭桐庐出溪口见候余既未至郭仍进村维舟久之郭生方至》。另一位南朝梁沈约（441—513），也写有《严陵濑》。还有一位南朝梁的王筠（481—549），写有《东阳还经严陵濑赠萧大夫》。值得注意的是，他们都把关注点放在桐庐境内的严子陵钓台这一名胜古迹。可以说，桐庐山水诗从一诞生起便蕴含了丰富的人文情愫。桐庐这方胜境不仅为我国山水诗的发祥提供了丰厚的土壤，也为山水诗的内涵提供了丰富的源泉。

理由之三，从后人诗咏谢灵运与桐庐山水看

发明了"谢公屐"的谢灵运也堪称是我国最早的山水旅行家。正因为谢灵运在我国山水游历与诗歌创作中的地位与影响，"脚著谢公屐"几乎成为其后历代诗人追慕的风尚。于是桐庐山水尤其是严子陵钓台古迹，几乎成为其后历代诗人向往的胜境。

又因为谢灵运写有影响深远的桐庐山水诗，人们自然也把谢灵运与桐庐山水连在一起。谢灵运理所当然成为历代诗人题咏桐庐入诗名人。如唐朝李白在《翰林读书言怀呈集贤诸学士》这首古风中有"严光桐庐溪，谢客临海峤"的诗句，把谢灵运与严子陵相提并论了。另一位唐朝诗人吴融在七律《富春》中写道："未必柳间无谢客，也应花里有秦人。"明朝刘基在《九日舟过桐庐》中言："溯湍怀谢公，临濑思严子。"清朝朱之锡在《过七里滩》中云："谢公诗境好，到此意超然。"另一位清朝诗人王嵩在《七里濑》诗中又说："身世严陵钓，山川谢客诗。"谢客、谢公指的都是谢灵运。"山川谢客诗"！由此可见，桐庐山水与谢灵运之诗已融为一体，密不可分。

综上所述，"桐庐是中国山水诗的发祥地"，应该是毫无疑义的。

三、桐庐打造"中国山水诗的发祥地"这一品牌的意义与相关建议

确立"桐庐是中国山水诗的发祥地"，我以为能够为我县创建中国诗歌之乡提供深远而厚重的历史文化支撑。如果说"中国诗词县级之翘楚"的说法主要从历代诗词留存数量最多的角度提出，那么，"中国山水诗的发祥地"则主要从时间最早的角度提出。这两个观点为桐庐诗词文化品牌提供了厚实的基础。而且这一品牌无疑为文化名县建设提供了坚实的支撑。那么，我们下一步应该如何运用好这一品牌呢？

首先，我觉得应该加强宣传，提高这一品牌的知名度与影响力。尽管 2017 年正式开放的桐庐城市规划展示中心人文桐庐部分在"诗词文化"一节中已经写上"桐庐是中国山水诗发祥地"的观点，但这一提法还没有引起足够重视。我以为应加强宣传，让"桐庐是中国山水诗的发祥地"广为人知，深入人心。这一方面温州的宣传力度很大，值得我们借鉴。（详情见下列报道：人民网温州 4 月 29 日电"云日相辉映，空水共澄鲜"。）中国山水诗鼻祖谢灵运，在温州写下了许多传颂千古的山水诗篇。温州的神奇山水也因谢灵运而闻名天下。今天，"中国山水诗发祥地"——温州，举办了一场"国际山水诗之旅暨首届（中国·温州）诗意山水与旅游的新发现高峰论坛"。本次活动由中国作家协会诗歌委员会和温州市人民政府联合主办，中国作家协会副主席、著名诗人吉狄马加担任顾问，出席活动的嘉宾有著名诗人叶延滨、舒婷、晓雪、黄亚洲、祁人、丘树宏、周占林、李犁以及香港诗人恒虹、美国诗人顾爱玲、美国汉学家梅丹理，还有浙江本土的诗人代表等近百人。本次活动海内外诗坛大咖云集，充满诗情画意的内容精彩纷呈。[活动分"诗意山水与旅游的新发现高峰论坛""山水诗发祥地温州揭碑仪式""文脉与传承——国际山水诗（温州）之旅""诗意温州——山水诗之旅朗诵会""温州山水诗之旅产品网络推介展"等五大部分。]

其次，应深入研究，让这一品牌更具实力。建议举办一场专题论坛，邀请有关专家共同研讨桐庐与山水诗的关系。同时建议推出一本历代桐庐山水诗精选本，让优秀山水诗成为全县干部群众和中小学生的乡土读物。

　　第三，应重点做好结合文章。让"桐庐是中国山水诗的发祥地"这一观点及历代经典山水诗与富春江 AAAAA 级景区、醉美县城 AAAA 级景区创建相结合，与美丽乡村建设相结合，特别是与旅游线路的开发、提升相结合，让"跟着山水诗游桐庐山水""住在桐庐山水间品读优美山水诗"成为吸引外地游客的响亮口号。

　　　　　　　　　　　　（载 2018 年第 5 期《钱塘江文化》）

"钱塘江唐诗之路"初探

  "积极打造浙东唐诗之路和钱塘江唐诗之路"。这是袁家军省长于 2018 年 1 月 25 日在浙江省十三届人大一次会议所作《政府工作报告》提出的战略举措。

  "浙东唐诗之路"概念大约在上世纪九十年代初提出,对其已经有了一定的研究。它是指从杭州萧山的闻堰、渔浦一带出发,经绍兴,自镜湖向南经曹娥江,沿江而行,入浙东名溪,溯江而上,经新昌的沃江、天姥,最后至天台山石梁飞瀑,全长约 200 公里。在《全唐诗》收载的 2200 余位诗人中,就有 321 位诗人游历过这条风景线,在这条"浙东唐诗之路"上,写下了 1000 余首佳作。这条古道何以赢得唐代诗人如此青睐?原来,这里自古便是佛家圣境,道教福地。沿途有许多美妙动听的神话传说,颇具魅力。唐代诗人之所以热衷于漫游剡中,重要原因便是追慕魏晋遗风与汉前文化乃至于史前传说。

  "钱塘江唐诗之路"则是一个全新的概念。在此之前称之为

"唐诗西路"。我在《"唐诗西路"话桐庐》一文中作了初步阐释：

> "唐诗西路"或称浙西唐诗之路，其实就是"钱塘江—富春江—新安江"这条浙江的母亲河。它东起杭州的钱塘江渡口与萧山的闻堰，西至与安徽交界的新安江口，经杭州、萧山、富阳、桐庐、建德、淳安一直到安徽，其中最精华的一段，便在桐庐县境内，因而桐庐拥有"唐诗西路"的命名也是恰如其分的。

这一概念，是 2015 年 6 月正式提出的，浙江省诗词与楹联学会之所以将其落户于桐庐，是因为桐庐是"唐诗西路"的重要节点。省诗词与楹联学会在《关于授予桐庐县"唐诗西路"称号的决定》中指出："我们认为，相较于浙东'唐诗之路'，桐庐县的'唐诗西路'也是客观存在，应给予高度重视和深入研究。这对于弘扬我国优秀的传统文化，培育社会主义核心价值观以及发展旅游经济都有不可替代的积极意义。正是基于以上考量，特授予桐庐'唐诗西路'称号。"

"我们还应该立足桐庐放眼整个钱塘江流域，去追寻唐代诗人的足迹。"现在看来，我当初的判断还是恰当的。我们应该对于"钱塘江唐诗之路"给予深入的研究。本文作点初探，以期抛砖引玉。

一、钱塘江唐诗之路概念的界定

所谓钱塘江唐诗之路，是以钱塘江为主线，以唐朝诗人和其题咏钱塘江流域唐诗为主题的一条文化之路。

这条唐诗之路与钱塘江有关，我们便首先应了解钱塘江。
"钱塘江古名浙江，亦名渐江或之江，她既是浙江的母亲河，也
是我国东南沿海一条独特的河流。"（《钱塘江全书·序》杭州出
版社）"历来的习惯称呼，上游称新安江，桐庐至萧山闻堰称富
春江，闻堰至杭州闸口称之江，闸口以下称钱塘江。此外，兰
江、金华江、浦阳江、曹娥江、分水江、乌溪江、江山港、练
江、横江等水系，都是钱塘江支流。"（《钱塘江风俗·前言》，杭
州出版社）"钱塘江有北、南两源，均发源于安徽省休宁县。流
经安徽、浙江，入海口位置为浙江省海盐县澉浦至对岸余姚市西
山闸一线，进杭州湾，入东海。全长 605 公里。"（《钱塘江航
运》，杭州出版社）

由此可见，钱塘江流域是一个很大的地域范围，涉及浙西、
浙中和浙北，甚至还有浙东一部分。如果把钱塘江唐诗之路比作
一棵树，从杭州湾树根一直往上，到建德梅城分为两条树枝，沿
途还有条条枝桠。这条唐诗之路，几乎覆盖浙江的半壁江山。当
然，其主线，应在浙西一带。

二、钱塘江唐诗之路的内涵及其重要内容

钱塘江唐诗之路这一概念有着丰富的内涵，它是所有钱塘江
文化的集大成者，唐诗则是其代表与象征，是其呈现形式。当
然，钱塘江唐诗本身就成为一种文化遗存。

钱塘江唐诗之路的重要内容有：钱塘江潮文化、富春江山水
文化、严子陵钓台隐逸文化和浙西地区民俗文化。我以为应着重

对这几个方面加以研究。

钱江潮这一独特的自然现象形成了独特的潮文化。唐诗中便有不少咏潮诗。著名者有刘禹锡《杂曲歌辞·浪淘沙》，罗隐《钱塘江潮》和贯休《秋过钱塘江》。其中刘禹锡诗最负盛名："八月涛声吼地来，头高数丈触山回。须臾却入海门去，卷起沙堆似雪堆。"

富春江天下独绝的奇山异水，使其成为中国山水诗的发祥地。富春江、新安江和兰江理所当然成为唐朝诗人涉足最多的地方，留下了大量山水诗。最著名者有孙逖《夜宿浙江》，孟浩然《宿桐庐江寄广陵旧游》《宿建德江》，李白《清溪行》，章八元《新安江行》，戴叔伦《兰溪棹歌》等。尤以李白"人行明镜中，鸟度屏风里"，孟浩然"风鸣两岸叶，月照一孤舟""野旷天低树，江清月近人"等名句为千古绝唱。

位于富春江上游桐庐县境内的严子陵钓台，是古代文人向往的精神家园，严子陵毫无疑问成了唐朝诗人追慕的偶像。许多唐朝诗人纷至沓来，登钓台，谒古迹，写下大量怀古诗。《富春严陵钓台集》（百花出版社）精选了45位唐代诗人的60首钓台诗。其中李白《古风》"昭昭严子陵，垂钓沧波间"，白居易《新小滩》"江南客见生乡思，道似严陵七里滩"，方干《题严子陵祠》"先生不入云台像，赢得桐江万古名"，罗隐《秋日富春江行》"严陵亦高见，归卧是良图"等，都是名句。

唐朝的政治、经济、文化中心在长安，相较于中原繁华之地而言，浙西地区是个偏僻的蛮荒之地，然而，这里纯粹的自然环境，纯朴的民风民俗和纯正的人文积淀，孕育了独特的地域文化，并诞生了文学史上独一无二的"睦州诗派"。这里不仅"多文学之士"（明《一统志》），更吸引各地诗人慕名而来，唐诗中便大量出现以浙西人文风情为主题的田园诗、唱和诗、赠别诗、风俗诗等。著名的有杜牧的《睦州四韵》，李白的《酬崔侍御》，白居易的《宿桐庐馆同崔存度醉后作》，孟郊的《送无怀道士游富春山水》，张祜的《七里濑渔家》等。

三、钱塘江唐诗之路有关诗人

钱塘江流域因为天下独绝的奇山异水、得天独厚的水上交通、独一无二的钓台古迹、独具特色的地域文化和独领风骚的"睦州诗派"，吸引唐朝诗人前来尽情游历，纵情吟诗。

钱塘江唐诗之路相关诗人主要分来过的和本土的两大类。

来过钱塘江流域的唐朝诗人就太多了，有人统计约有 120 余人，其实应该远远不止。来过的唐朝诗人大致可分为如下几类：一类是在此做过官的，如任职杭州的白居易，任职睦州的刘长卿、杜牧等。第二类是曾经隐居于此的诗人，如严维、皎然、贯休等。第三类是来此凭吊严光、游览名胜、探访故人的，这一类占绝大多数。这其中有的恐怕只是途经钱塘江流域，有感而发写下诗篇。来过这一带的著名唐朝诗人有孟浩然、王维、李白、崔颢、刘长卿、严维、孟郊、张继、韩愈、张籍、白居易、张祜、杜牧、陆龟蒙、吴融、杜荀鹤、韦庄、王贞白、皎然、贯休等。

另一类本土唐朝诗人也有相当数量。有名的有越州永兴县

（今杭州萧山区）的贺知章，杭州新城县（今属杭州富阳区）的罗隐，睦州桐庐县的方干、章八元、章孝标、章碣，睦州分水县（今属桐庐）的施肩吾（其出生地后又划归新城县）、徐凝，睦州寿昌县（今属建德市）的李频、翁洮，睦州新安县（今淳安）的皇甫湜等。

在本土诗人中不得不说一说"睦州诗派"。南宋时严州人翁衡编选睦州10位诗人的作品并取名《睦州诗派》。谢翱欣然为之作序："惟新定自元和至咸通间，以诗名凡十人，视他郡为最。施处士肩吾、方先生干、李建州频、喻校书凫，世并有集。翁征君洮，有集，藏于家。章协律八元、徐处士凝、周生朴、喻生坦之，并有诗，见唐《间气》及《文苑》诸书。皇甫推官以文章受业韩门。翱客睦，与学为诗者，推唐人以至魏汉，或解或否，无以答。友人翁衡取十先生编为集，名曰睦州诗派。"（《四库全书·睦州诗派序》）这十人中除新安人皇甫湜，寿昌人李频、翁洮，桐庐人方干、章八元，分水人施肩吾、徐凝归属较为明确外，其他则生平不详，说法不一。但几乎都与桐庐和分水有关，如喻凫毗陵（江西南昌）人，流寓分水；周朴其籍贯有福建长乐、浙江湖州、湖南慈利诸说，唐人说他"生于钓台，而长于瓯闽。""则周朴本贯应属桐庐。"喻坦之在《唐才子传》中只介绍："喻坦之，睦州人。……同时严维、徐凝、章八元，枌榆相望。""枌榆"乃故乡之意，今人推测他是桐庐或睦州时分水人。《睦州诗派》一书尽管只选了十位诗人的作品，但"睦州诗派"作为一个诗坛流派概念，应该包含更广泛的内容。章八元之子、之孙章孝标、章碣显然应是。后人甚至把宋朝本地诗人也归入其中，如明朝大学者宋濂在徐舫墓志铭中写道："先是睦多诗人，唐有皇甫湜、方干、徐凝、李频、施肩吾，宋有高师鲁、滕之秀。世号为'睦州诗派'。"由此可见，睦州诗派在历史上产生过深远的影响，为钱塘江唐诗之路提供了独特的史学与文学支撑。

总而言之，以钱塘江—富春江—新安江以及南源兰江为主体的浙西山水，风光独绝，如诗如画，是一条充满诗情画意的水上画廊，历来被称"奇山异水，天下独绝"。在唐代，秀丽的浙西山水成为唐朝诗人"壮游吴越"的必经之地，他们或行或吟于江上，或寻踪于奇峰秀谷之间，留下了数百篇脍炙人口的诗篇，而他们吟咏的诗句，徜徉的足迹，踩出了一条令人瞩目的浙西旅游之路。这条"钱塘江唐诗之路"与目前首批国家级风景名胜区"钱塘江—富春江—新安江（千岛湖）"是一致的，与钱江源之旅也是吻合的。做深做透钱塘江唐诗之路研究文章，对于助推钱塘江流域旅游产业发展和杭州市拥江发展战略，必将发挥积极的作用。

当然，唐代究竟有多少诗人来过钱塘江流域，这一带究竟有多少本土唐朝诗人，又有多少与钱塘江流域有关的唐诗流传于世？期待着专家们去深入研究。

（此文 2018 年 5 月发杭州文史网，被浙江水利水电学院水文化研究所收入《钱塘江唐诗之路唐诗选集》作为序二，2019 年 6 月中国水利水电出版社出版）

从范仲淹诗看北宋时桐庐郡茶事之盛

　　北宋著名的思想家、政治家、军事家和文学家范仲淹（989—1052）于宋仁宗景祐元年（1034）遭遇第二次贬官，从京师开封来到睦州出任知州。睦州当时别称桐庐郡，辖桐庐、分水、建德、寿昌、淳化、遂安6个县，相当于今杭州市下辖的桐庐县、建德市、淳安县等地。

　　范仲淹在睦州（桐庐郡）任上尽管只有短短的半年多时间，却做了大量好事实事，如修建严先生祠堂、创办龙山书院、兴修江堤等。不仅如此，由于他十分钟情于睦州（桐庐郡）的自然风光与人文风情，写下了大量脍炙人口的诗文，且其中多用"桐庐"这个地名（详见本人所著《范仲淹与潇洒桐庐》一书，西泠印社出版社2009年11月版）。

　　据初步统计，范仲淹在桐庐郡期间共写有47首（篇）诗文，著名的有《潇洒桐庐郡十绝》《出守桐庐道中十绝》《江上渔者》《桐庐郡严先生祠堂记》等，尤其是称赞严子陵的"云山苍苍，江水泱泱，先生之风，山高水长"[1]已经成为千古名言。

范仲淹写于桐庐郡的诗中，与茶有关的有两首，其一即《潇洒桐庐郡十绝》第六首，其二是《和章岷从事斗茶歌》。正是这两首诗，让我们今天可以清楚地知道当年桐庐郡茶产业的繁荣和斗茶习俗及茶文化的兴盛。

一、桐庐郡在北宋时是我国茶产业的繁荣之地

从范仲淹的《潇洒桐庐郡十绝》第六首我们可以想见，北宋时期桐庐郡是一个主要产茶地。这首诗是这样的：

> 潇洒桐庐郡，春山半是茶。
> 新雷还好事，惊起雨前芽。[2]

诗的意思是说，潇洒的桐庐郡啊，春季来临，满山遍野多半是茶树，轻雷新发仿佛是好事之徒，惊起沉睡一冬的茶树在谷雨到来前抽出新芽。

陆羽在《茶经》中将我国唐代时的产茶地分为八大茶区，即山南茶区、淮南茶区、浙西茶区、剑南茶区、浙东茶区、黔中茶区、江西茶区和岭南茶区。[3]其中浙西茶区便包括杭州、睦州一带。并且陆羽在《茶经》中还有言：睦州生桐庐县山谷。由此可见，睦州（桐庐郡）在唐代就是一个盛产茶叶的地方。当然，好茶出在桐庐县。

说到桐庐县，其实早在唐代它就是我国茶叶交易的主要集散地之一。原因除了睦州（桐庐郡）是产茶盛地之外，更主要的在

于桐庐县得天独厚的地理条件，一条富春江和一条分水江，它们是两条天然的交通要道，连接起广东、福建、江西、安徽至杭、嘉、湖、甬、绍乃至更远的地方。桐庐县成为其中的枢纽。

唐朝睦州分水人施肩吾有一首题为《过桐庐场郑判官》的诗就为我们形象生动地记录了桐庐茶叶交易市场的热闹景象：

荥阳郑君游说余，偶因榷茗来桐庐。
幽奇山水引高步，暐煜风光随使车。
算缗百万日不虚，吏人丛里唯薄书。
眼前横掣断犀剑，心中暗转灵蛇珠。
有时退公兼退食，一尊长在朱轩侧。
胡商大鼻左右趋，赵妾细腰前后直。
醉来引客上红楼，面前一道桐溪流。
登临山色在掌内，指点霞光随杖头。
东郭野人慵栉沐，使将破履升华屋。
数杯酪酊不得归，楼中便盖江云宿。
却被江云湿我衣，赖君借我貂襜归。[4]

诗的开头一联交代了事情的缘由：郑州（荥阳为郑州古名）的郑判官来游说我，让我陪他一起到桐庐"榷茗"（即榷茶，我国古时对茶叶实行征税、管制专卖的措施）。接着，施肩吾便真实记录了商人们在茶叶交易过程中讨价还价甚至尔虞我诈的场景："算缗百万日不虚，吏人丛里唯薄书。眼前横掣断犀剑，心中暗转灵蛇珠。"

更值得注意的是，这些茶叶商人中还有来自西域边陲地区的商人："胡商大鼻左右趋。"我国古代对北方、西方匈奴等族泛称胡，来自这些民族的东西便称为胡琴、胡桃、胡椒等，这些民族的商人自然称为胡商，而他们最显著的生理特征就是大鼻子。可见唐朝时桐庐的茶叶交易市场所涉范围其实已经很广了。并且，唐代桐庐繁华的茶叶交易市场也催生了茶馆业、旅馆业的繁荣。这些馆往往依江而建，因而施肩吾诗中有"醉来引客上红楼，面前一道桐溪流"的诗句。另外，唐代著名诗人白居易有诗题《宿桐庐馆同崔存度醉后作》，另一位唐朝著名诗人杜牧有诗句"水槛桐庐馆，归舟系石根"，[5]都说明桐庐早在唐朝时，旅馆业就已经很发达了。那么我们今天可以推想，当时整个桐庐郡乃至更远地方的茶叶，都集中到交通便捷的桐庐县来交易是合乎情理的。

史载茶兴于唐而盛于宋。桐庐郡在唐代时茶事已兴盛，至北宋时期更加兴盛便在情理之中了。如此说来，范仲淹笔下的"春山半是茶"便毫无夸张之处了。一半的山都是茶树，这个地方茶产业的繁荣就可想而知。

二、北宋时桐庐郡是斗茶习俗及茶文化的兴盛之地

正因为桐庐郡在唐宋时就是主要产茶地和茶叶交易地，自然而然地成了斗茶习俗与茶文化的兴盛之地。关于这一点，范仲淹的另一首著名的咏茶诗《和章岷从事斗茶歌》便是明证。这首诗是这样的：

年年春自东南来，建溪先暖冰微开。

溪边奇茗冠天下，武夷仙人从古栽。

新雷昨夜发何处，家家嬉笑穿云去。

露牙错落一番荣，缀玉含珠散嘉树。

终朝采掇未盈襜，唯求精粹不敢贪。

研膏焙乳有雅制，方中圭分圆中蟾。

北苑将期献天子，林下雄豪先斗美。

鼎磨云外首山铜，瓶携江上中泠水。

黄金碾畔绿尘飞，碧玉瓯心翠涛起。

斗余味兮轻醍醐，斗余香兮薄兰芷。

其间品第胡能欺，十目视而十手指。

胜若登仙不可攀，输同降将无穷耻。

吁嗟天产石上英，论功不愧阶前蓂。

众人之浊我可清，千日之醉我可醒。

屈原试与招魂魄，刘伶却得闻雷霆。

卢仝敢不歌，陆羽须作经。

森然万象中，焉知无茶星。

商山丈人休茹芝，首阳先生休采薇。

长安酒价减百万，成都药市无光辉。

不如仙山一啜好，泠然便欲乘风飞。

君莫美花间女郎只斗草，赢得珠玑满斗归。[6]

后人将此诗与茶仙卢仝的诗相提并论。范仲淹研究学者方健先生在《范仲淹评传》中写道："在桐庐，他创作了《和章岷从事斗茶歌》，这与卢仝《谢孟谏议试茶歌》一起被誉为我国茶文化史上最出色的双璧。"[7]

这是一首与章岷的和诗。章岷时任睦州（桐庐郡）"从事"。他是福建浦城人，北宋天圣五年（1027）进士，工诗。他深得范仲淹赏识，连修建严子陵祠堂这样的重大工程，范仲淹都是派章岷前去主持（"而乃以从事章岷往构堂而祠之"。范仲淹《留题方干处士旧居》题记）。[8]平时范仲淹更是经常带着他巡访乡里、登临山水，在郡斋或是山寺竹阁等处一起烹茗品茶。范仲淹在睦州（桐庐郡）时写给恩师晏殊的信中便提到："且有章、阮二从事，俱富文能琴，凤宵为会，迭唱交和，忘其形体。"[9]

范仲淹还曾写下《和章岷推官同登承天寺竹阁》一诗：

> 僧阁倚寒竹，幽襟聊一开。
>
> 清风曾未足，明月可重来。
>
> 晚意烟垂草，秋姿露滴苔。
>
> 佳宾何以伫，云瑟与霞杯。[10]

近日，作者有幸查到了章岷《陪范公登承天寺竹阁》一诗：

> 古寺依山起，幽轩对竹开。
>
> 翠阴当昼合，凉气逼人来。

夜影疏排月，秋鞭瘦竹苕。

双旌容托乘，此地举茶杯。[11]

　　值得注意的是末尾一句"此地举茶杯"，让我们想见当年他与范公在承天寺竹阁品茗赏景、相谈甚欢的场景。更让我们直接窥见当时饮茶习俗之浓。

　　然而非常遗憾，章岷的《斗茶歌》现已失传。

　　那么，什么是"斗茶"呢？斗茶其实就是赛茶，又称点茶、斗试。方法是将碾碎的茶末放入盏中，再将初开的水点注至盏中，从而进行品赏。斗茶包括斗形、斗香、斗味、斗色四个方面。唐末五代，在福建省建州的产茶地区兴起了斗茶之俗，至北宋流行，文人士大夫之间在斗茶时多吟诗唱赋，气氛热烈。章岷是武夷山东部地区附近的人，显然谙熟斗茶之道，又加上浙江与福建相邻，睦州与建州相近，章岷及其他文人雅士把斗茶习俗带入睦州便很有可能。因而北宋时睦州（桐庐郡）盛行斗茶习俗是在情理之中的。

　　再看范仲淹的《和章岷从事斗茶歌》，尽管诗的前半部分交代的是"北苑"即武夷山一带采茶、制茶、斗茶的过程，却写得栩栩如生，仿佛让人身临其境。据考证范仲淹一生并未去过福建武夷山一带，尽管他可以凭想象写出"北苑"斗茶盛况，但我还是推断他在睦州（桐庐郡）亲自尝试过斗茶习俗，甚至还倡导推行这一习俗。否则章岷诗中也不会有"此地举茶杯"这样重笔写饮茶的诗句。

不仅如此，我们还可以从葛闳的《题玉泉》一诗来佐证睦州（桐庐郡）流行斗茶习俗这一观点。《题玉泉》其中一联写道："试茶石鼎云含液，酿酒兵厨菊有香。"[12]句后还有自注"新定茶品殊佳，酒香如菊，岁造多出玉泉，因而命名云。"[13]葛闳（1003—1072），字子容，建德人。宋天圣五年（1027）进士。历知信州上饶县、婺州兰溪县，后移知化州，转殿中丞，通判常州，晚年知漳州、台州。范仲淹知睦州时，曾从章岷处得到葛闳《接花歌》，于是写下著名的长诗《和葛闳寺丞接花歌》（见葛闳《题思范轩二首》自注：《某尝为接花歌》，文正得之于从事章君，因而和作，见《丹阳集》。"[14]）玉泉是当时睦州著名景点，葛闳另写有《同孝叔游玉泉》《留题玉泉山堂》等多首诗。前面自注中"新定茶品殊佳"句告诉我们睦州（古名新定郡）北宋时期即产好茶，而"试茶石鼎云含液"的诗句则告诉我们那时候睦州已经流行斗茶（试茶）习俗了。

关于范仲淹亲历并推行斗茶习俗，我们还可以从另一首诗中得到佐证。范仲淹在邓州任知州时写有《酬李光化见寄二首》。李光化，名简夫，又名宗易，当时任光化军知军，所以人称李光化。他是范仲淹的老朋友，两人邻地为官，时有唱和。范仲淹在写给李光化的回诗中描述了他与朋友在邓州百花洲上边饮酒边斗茶的情景：

石鼎斗茶浮乳白，海螺行酒滟波红。
宴堂未尽嘉宾兴，移下秋光月色中。[15]

范仲淹在邓州为官晚于睦州，我们是否可以推想，范仲淹把斗茶的习俗带到了邓州。如果这一点成立，那么范仲淹在睦州（桐庐郡）时喜欢并倡导斗茶习俗的观点便是完全成立的。范仲淹的《和章岷从事斗茶歌》写于桐庐郡，这是毋庸置疑的事实，仅此一点，我们说桐庐郡是北宋时茶文化兴盛之地也是恰如其分的。

茶香千年，余韵不绝。当年的睦州（桐庐郡）辖境如今的桐庐县、建德市、淳安县依然是产茶盛地。桐庐县的"雪水云绿""天尊贡芽""芦茨红茶"，建德市的"千岛银珍""新安白茶"和淳安县的"千岛玉叶""鸠坑毛尖"等都成为享誉全国的名茶。三县市的茶文化研究也是方兴未艾。药祖圣地桐君故里桐庐县还根据唐朝著名诗人刘禹锡的诗句"炎帝虽尝未解煎，桐君有箓那知味"[16]提出"桐庐是我国茶文化的发祥地"[17]的观点，并且得到茶文化研究界的认可，在《杭州茶文化发展史》一书中写道："如果说神农是尝茶第一人，那么桐君是知茶第一人，杭州富春江流域也是我国茶文化的发祥地。"[18]之所以能提出这样的观点，究其原因，我想是因为我们有"潇洒桐庐郡，春山半是茶"的底蕴与底气。

注解：

[1]《范仲淹全集》上册第 190 页，四川大学出版社 2007 年11 月版。

[2]《范仲淹全集》上册第 97 页。

[3] 参见程启坤等编著《茶及茶文化二十一讲》第 29 页，

上海文化出版社 2010 年 11 月版。

[4] 陈才智、王益庸编《施肩吾集》第 69 页，中国文联出版社 2009 年 10 月版。

[5] 杜牧《夜泊桐庐先寄苏台卢郎中》，见《严州词诗（上）》第 33 页，天津古籍出版社 2011 年 1 月版。

[6]《范仲淹全集》上册第 43 页。

[7] 方健著《范仲淹评选》第 55 页，南京大学出版社 2001 年 12 月版。

[8]《范仲淹全集》上册第 102 页。

[9]《范仲淹全集》上册第 683 页。

[10]《范仲淹全集》上册第 100 页。

[11]《严州词诗（上）》第 81 页。

[12] [13] [14]《严州词诗（上）》第 84 页。

[15]《范仲淹全集》上册第 125 页。

[16] 刘禹锡《西山兰若试茶歌》，见刘枫主编《历代诗茶选注》第 22 页，中央文献出版社 2009 年 3 月版。

[17] 董利荣《桐庐与茶》，《茶都》2011 年第 5 期。

[18] 杭州市茶文化研究会编《杭州市茶文化发展史》上册第 52 页，杭州出版社 2014 年 8 月版。

（本文 2015 年 11 月获第二届杭州·开封宋茶文化研讨会征文三等奖、2016 年 10 月收入第六届中国范仲淹国际学术大会论文集）

◎ 诗中寻味觅色

登桐君山

层峦千仞上仙寰，　帆影岚光远近间。
非敢自居仁者乐，　只知此处静中闲。
忽闻鸟语传消息，　瞥见云飞任往还。
无数元机浑入目，　天教看尽富春山。

评"眼界无穷世界宽"

"眼界无穷世界宽。"这是一句唐诗,作者是我们桐庐人方干。当我第一次读到这一诗句时,我惊叹于千年之前的古人何以能写出如此现代而又如此富有哲理的诗句!

方干自幼聪慧,又很刻苦,自言"吟成五字句,用破一生心"。然而,命运对他却不公平,科举中因缺唇貌丑而未中进士。他愤而隐居会稽镜湖,终因诗显。死后被追封为进士出身,后人誉之"官无一寸禄,名传千万里"。

方干尽管仕途不得志,尽管过着归隐江湖、诗酒自娱的生活,但他的人生态度是积极的,他对诗意的追求是令人敬佩的,他的内心世界坚强而豁达。正因如此,他才能写出"眼界无穷世界宽"这样的诗句。

眼界无穷世界宽。这境界不可谓不高远,仿佛作者穿越到千年之后的今天,又仿佛作者是一位当代伟人或哲人。的确,人只有站得高才能看得远,也只有面朝大海才能春暖花开、欢乐开怀。

　　眼界无穷世界宽。眼界无穷是基础，是前提，也是过程。要让眼界无穷，既要有客观条件，更要有主观努力。登高望远必须登攀；"读万卷书，行万里路"必须锲而不舍。这些都有助于眼界无穷。世界宽是眼界无穷的结果与境界。这句诗的意境与"心底无私天地宽"如出一辙，又与"思路决定出路""态度决定一切"等等当代名言异曲同工。

　　眼界无穷世界宽。如果我们每个人都能不断开拓自己的眼界，拓宽自己的视野，那么，无论你的内心世界还是外部世界，都能如大海般宽阔，似天空般宽广。

（2012 年 6 月）

桐庐诗词金句赏读

古往今来，桐庐因为天下独绝的奇山异水，得天独厚的两江交通，独一无二的钓台古迹，吸引历朝历代文人雅士前来尽情游历，吟诗填词，加上独领风骚的各代本土诗人，留下数以千计独具特色的诗词佳作。历代桐庐诗词宛如一个矿藏，蕴藏着许多金子般闪光的诗句。撷取数句，与您共赏。

> 钱塘江尽到桐庐，
> 水碧山青画不如。
>
> ——韦庄

唐代著名诗人、"花间派"代表人物韦庄的七律《桐庐县作》中的这两句，是我们耳熟能详经常使用的桐庐古诗金句王。开头也作"钱塘江尽桐庐县"。此句告诉我们桐庐所处的地理方位，即在钱塘江的上游，地处富春江核心地段。"水碧山青"是对桐庐自然环境特征的简洁而精确表达。"碧"和"青"均为颜色。"水碧"指水如青绿色的玉石一样透澈。

都说江山如画，而在韦庄眼里，桐庐的绿水青山却是"画不如"。山清水秀比画还美的环境是大自然对我们桐庐人的恩赐，也是桐庐惹人喜爱引人前来令人咏叹的缘由，我们今天没有理由不像爱护自己的眼睛一样爱护呵护保护它。

> 三吴行尽千山水，
> 犹道桐庐更清美。
>
> ——苏轼

北宋大文豪苏轼的《送江公著知吉州》一诗较长，我们只需记住开头这两句就足够了。

"三吴"，是指代长江下游江南的一个地域名称。一般意义上的三吴是指吴郡、吴兴郡和会稽郡。广义是指除此三郡外，还包括了其他一些郡。

苏轼尽管是一位古代官员，但更是一个文人，喜欢游历江南名胜。他在《与孟震同游常州僧舍》一诗中又有这样的诗句："年来转觉此生浮，又作三吴浪漫游。"然而，游遍三吴的千山万水，还是觉得桐庐的山水更清丽秀美。诗句以衬托的手法来盛赞桐庐。苏轼喜爱三吴千山水，但他更钟爱桐庐山水。我们桐庐人又怎能不热爱生我养我的这方山水。

云山苍苍，江水泱泱。

先生之风，山高水长。

——范仲淹

范仲淹知睦州（桐庐郡）时，在桐庐县境内严子陵钓台修建祠堂，并写下《桐庐郡严先生祠堂记》。由于此记与《岳阳楼记》同被收入《古文观止》一书，因而影响深远。如今许多人不一定会背诵这篇记的全文，但文章末尾这四句诗却常常能吟诵。

这是对严子陵的最高评价。前句是写景，"苍苍""泱泱"是高阔深远的样子。后句是议论，严子陵先生的风度风骨风范，像山一样高像水一样长。因为有范仲淹修祠作记，从此之后，"往来桐江船，必拜严子祠。"

这些年来我在接待外地来宾时，发现很多人都会诵读这四句。我觉得桐庐人更应该熟记之。

桐江好，烟漠漠，

波似染，山如削。

绕严陵滩畔，鹭飞鱼跃。

——柳永

北宋著名词作家柳永的《满江红》下阕这几句描写了严子陵钓台一带的美丽风光。一个"好"字，写尽对桐江的喜爱与赞美。"桐江"是富春江在桐庐县境内段的别称，是公认风景最美的一段。那么桐江究竟怎么个好法？柳永用直观的描写和比喻进行了描画：江面上烟雾缭绕（"漠漠"，密布的意思），水波好似被颜料染过一般明亮，山崖又如同被刀削过一样峻峭。诗人坐在船上绕着严陵滩畔从流飘荡，又见白鹭飞翔鱼儿跃游，一派和谐的景象。

在柳永笔下，桐江好景，远近高低错落有致，又动静结合，的确很美。"桐江好"简约而又耐人寻味。我以为这三个字完全可以成为某一品牌的名称而注册成商标。

> 桐庐处处是新诗，
>
> 渔浦江山天下稀。

> ——陆游

南宋杰出爱国诗人陆游出知严州时十分喜爱桐庐，写有20多首赞美桐庐的诗词佳作。七绝《渔浦》是其中的代表作。

诗的意思是说，桐庐到处是像新写的诗歌一样新奇的美景，而其中渔浦一带的江山更是天下稀有。"渔浦"指江河边打鱼的出入口。诗中应指桐庐县城下游一带。陆游在另一首《泛富春江》诗中有："秋山断处望渔浦，晓日升时离钓台。"而与他同列"中兴四大诗人"的范成大在《泊桐江谒严子陵祠》中又有"一席饱风渔浦阔，千山封雪钓台高"的诗句，都说明此渔浦在桐庐县境内。

"桐庐处处是新诗"。八百多年前，陆游就肯定地说，桐庐是一个适合全域旅游的地方。

> 海潮也怯桐江净，
>
> 不遣涛头过富春。

——杨万里

南宋四大家之一的杨万里曾写有多首桐庐诗作，仅《舟过桐庐》为题即写有三首。这是《甲午出知漳州晚发船龙山暮宿桐庐》一诗中的两句。诗句以拟人手法写道，海潮也为桐江之水的清澈明净而胆怯，不派遣涛头越过富阳，生怕污染了桐江一段水域。简直把桐江之净写到了极致。

读了这样的诗句，怎能不让我们对母亲河心生敬畏。连威力无比的海潮都不敢污染桐江，我们还有什么胆量去污染它？唯有更加卖力地去呵护它！

> 潇洒桐庐郡，
>
> 江山景物妍。

——俞颐轩

自从范仲淹写下《潇洒桐庐郡十绝》之后，"潇洒桐庐"成为桐庐流传千古的城市品牌。关于十绝，我已在《范仲淹〈潇洒桐庐郡十绝〉美学价值探析》一文中作过详尽分析。十首五言绝句我认为每一首都是经典，我们都必须熟读熟记常吟长诵。"潇洒桐庐"一经问世便广为流传，后人争相沿用。元代诗人俞颐轩在桐君山顶摩崖石刻的《桐君山》一诗此两句影响也很深远。"江山景物妍"，妍即美丽。由于其直观的表达和高度的概括，使这两句诗成为桐庐对外宣传使用频率较高的诗句。

每当入夜，桐庐县城双子楼外墙灯光秀会呈现出一行行大大的文字，其中便有："潇洒桐庐郡，江山景物妍。"读着这样的诗句，对桐庐的热爱之情会油然而生。

　　　　今日已无黄子久，

　　　　谁人能画富春山。

　　　　　　　　　　　　　——王修玉

清朝康熙年间进士杭州人王修玉写有《泊富春山下》一诗。富春山下，严陵滩畔，是黄公望当年创作《富春山居图》的实景地。元四家之一黄公望是杰出的山水画家。据说他本姓陆，从温州过继给常熟一位黄姓老者，老人欣喜地说"黄公望子久矣"，便给继子取名公望，字子久。数百年过去，时过境迁，王修玉在钓台之畔望着富春山美景，有感于无人再画如此江山，便发出以上感叹。

上世纪七十年代末，桐庐籍著名画家叶浅予先生回应此问，怀着对家乡的热爱倾情创作山水长卷《富春山居新图》。

我们务必记得，桐庐境内严子陵钓台所在之山，历来就叫富春山。

> 桐江山色天下无，
>
> 山围明镜如画图。
>
> ——袁昶

清朝桐庐籍大才子袁昶对家乡桐庐山水赞赏有加，自然在情理之中。在他眼里，桐江山色之美，非天下所有。天下无，那么哪里有呢？当然是天上仙境才有。诗中以反衬手法夸张地表达了对桐江的赞美。类似的表达在桐庐诗词中早已有之，如唐代诗人吴融《富春》："天下有水亦有山，富春山水非人寰。"宋代诗人李纲《桐江行赠江致一少府》："清风弥棹桐君庐，溪光山色世所无。"

后一句"山围明镜如画图"其实包含了两个比喻，说桐庐山水"如画图"在历代桐庐诗词中比比皆是，我已在《桐庐与山水诗》中精选过几首进行了赏析。而把桐江之水比作镜子般明澈同样不少，如"白鸟鉴中飞"（范仲淹《出守桐庐道中十绝》），"水到桐江镜样清"（赵彦端《浣纱溪》），"琉璃镜里一帆行"（纪昀《富春至严陵山水甚佳》）等等。

如诗如画的桐庐色，似鉴似镜的桐江水，的确让人看不够。

> 一江倒入桐庐色，
>
> 四壁飞来竹石声。
>
> ——刘嗣绾

　　写过"一折青山一扇屏，一湾碧水一条琴。无声诗与有声画，须在桐庐江上寻"这一佳作的清朝嘉庆年间进士刘嗣绾还写有七律《子陵台》。其中第二联让人眼睛一亮，"桐庐色"一词别具一格。我曾写过《好一个桐庐色》一文作过详细分析，在此不再赘述。此句对仗工整，写得气势非凡。既有视觉冲击力，又有听觉穿透力。值得我们反复品读。

　　桐庐色是老天爷和老祖宗留给我们的宝贵财富，我们今天当然应该努力呵护好那一江桐庐色。

> 潇洒桐庐县，
>
> 征帆第几程。
>
> ——吴振械

　　另一位清朝嘉庆年间进士杭州人吴振械写有五律《桐庐》一诗，开头这两句很有气势，也很有现实意义。

　　首句显然来源于范仲淹的十绝，但范围已直接缩在"桐庐县"了。征帆一句显得很有时代感，它用设问的语气表达了对未来桐庐发展的期许。

　　此诗显然能够鼓舞桐庐人的士气。如今在实现"潇洒桐庐新跨越"，建设"山清水秀民富县强的美丽中国桐庐样本"的新征程上，我们不妨多读读这样的诗句。

（2017 年 11 月）

唐诗宋词里的富春江

唐诗宋词是中国文学史上令人仰止的高峰。由于其高度的思想和艺术成就，深厚的历史与人文底蕴，无疑已经成为中华文化的精髓。对于唐诗宋词，如果可以用一个字来概括，那就是：美。

位于浙江境内钱塘江中游的富春江，在我国算不上一条大江大河，然而，它与下游的钱塘江、上游的新安江，每一个称谓都名气很大，而且人文历史绵长。尤其这富春一段江，如果用一个字概括，同样是：美。

唐诗宋词里的富春江。如此美美与共的经典组合，究竟能碰撞出怎样美妙的语言和美好的意境？

"一川如画"的山水长卷

唐诗宋词告诉你，富春江，美如画。

请看唐朝诗人吴融的七律《富春》：

> 水送山迎入富春，一川如画晚晴新。
> 云低远渡帆来重，潮落寒沙鸟下频。
> 未必柳间无谢客，也应花里有秦人。
> 严光万古清风在，不敢停桡更问津。

关于富春江，通常是指从萧山的闻家堰，经富阳、桐庐，一直到建德的梅城三江口这一段江流的称呼。历任侍御史、左补阙、中书舍人、户部侍郎的越州山阴（今绍兴）人吴融，想来某一天曾溯江而上，游历了富春江。诗人为整条江的美景所感染，诗兴大发，写了两首《富春》。这首七律从"水送山迎入富春"起笔，到"不敢停桡更问津"收尾，视野几乎触及到整条富春江。"一川如画"是这首诗的点睛之笔，用浓缩的语言形容富春江如画美景。吴融无疑是一位概括高手，另一首同题七绝短短 28 个字，更简洁明了地表达了富春江"非人寰"之美：

> 天下有水亦有山，富春山水非人寰。
> 长川不是春来绿，千峰倒影落其间。

如果用画来类比，吴融的诗就是山水长卷，一如黄公望的《富春山居图》。而苏轼的词《行香子·过七里滩》，同样具有如此效果：

一叶舟轻，双桨鸿惊。水天清、影湛波平。鱼翻藻鉴，鹭点烟汀。过沙溪急，霜溪冷，月溪明。

重重似画，曲曲如屏。算当年、虚老严陵。君臣一梦，今古空名。但远山长，云山乱，晓山青。

这首词的上阕写苏轼乘舟过七里滩所见美景。苏轼不愧是语言大师，寥寥几个长短句，便写尽富春江上精华一段七里滩之美，以至于发出感叹："重重似画，曲曲如屏。"在苏轼笔下，富春江仿佛一叠山水册页，在吟诵的过程中徐徐打开，便呈现出一幅长卷。

如诗如画，是诗人们对富春江之美的常规评价。然而，在另一位唐朝诗人韦庄眼里，富春江简直比画还美："钱塘江尽到桐庐，水碧山青画不如。"

"水碧山青""鹭飞鱼跃"的丰富画面

唐诗宋词中的富春江，不仅美得像山水长卷般引人入胜，更有许许多多比画还美的具体场景。极富表现力的唐诗宋词，把富春江上的美景，一一呈现在我们眼前。

韦庄的七律《桐庐县作》和柳永的词《满江红》是其中的代表。韦庄诗云：

> 钱塘江尽到桐庐，水碧山青画不如。
> 白羽鸟飞严子濑，绿蓑人钓季鹰鱼。

潭心倒影时开合，谷口闲云自卷舒。

此境只应词客爱，投文空吊木玄虚。

这是一幅色彩斑斓的山水画，并且远近相宜，动静结合。"潭心倒影"和"谷口闲云"，本来是静止的画面，却"时开合""自卷舒"，使这幅画流动起来，生动可人。

北宋著名词作家柳永的《满江红》，与韦庄此诗异曲同工：

暮雨初收，长川静、征帆夜落。临岛屿、蓼烟疏淡，苇风萧索。几许渔人飞短艇，尽载灯火归村落。遣行客、当此念回程，伤飘泊。

桐江好，烟漠漠，波似染，山如削。绕严陵滩畔，鹭飞鱼跃。游宦区区成底事，平生况有云泉约。归去来、一曲仲宣吟，从军乐。

曾写下"杨柳岸，晓风残月"的柳永，天生是写景抒情的高手。这首《满江红》，情由景生，情景交融。吟诵这样的宋词，怎能不让人惊叹富春江之美?!

"造化绝高处，富春独多观"

《游子吟》的作者、著名唐朝诗人孟郊游历富春山水后，有感而发，赞叹道："造化绝高处，富春独多观。"（《送无怀道士游富春山水》）极言造化对于富春江的厚爱。那么，唐诗宋词中富春江有哪些"独多观"的美景呢？

最早描写富春江的唐朝诗人，大概非孟浩然莫属。这位以写景见长的唐朝早期诗人溯江而游富春江后，惊叹于富春山水美景，情不自禁发出"观奇恨来晚"（《经七里滩》）的感叹。于是一口气写了多首诗作，佳句迭出，令人回味。"日出气象分，始知江湖阔。（《早发渔浦潭》）""风鸣两岸叶，月照一孤舟。（《宿桐庐江寄广陵旧游》）""彩翠相氛氲，别流乱奔注。（《经七里滩》）""野旷天低树，江清月近人。（《宿建德江》）"孟浩然的诗句，让富春江唐诗，几乎从一出现开始，就树立了令人瞩目的丰碑。

富春江唐诗中，写其"独多观"的名句俯拾皆是：

"江树临洲晚，沙禽对水寒。山开斜照在，石浅乱流难。"（刘长卿《却归睦州至七里滩下作》）

"断烟栖草碧，流水带花香。"（戴叔伦《春江独钓》）

"猿来触净水，鸟下啄寒梨。"（皎然《早秋桐庐思归示道谚上人》）

"笛吹孤戍月，犬吠隔溪村。"（杜牧《夜泊桐庐先寄苏台卢郎中》）

"远岸平如剪，澄江静似铺。"（罗隐《秋日富春江行》）

"潮去潮来洲渚春，山花如绣草如茵。"（许浑《寄桐江隐者》）

"林中夜半双台月，洲上春深九里花。"（方干《思桐庐旧居

便送鉴上人》）

"沙鸟似云钟外去，汀花如火雨中开。"（贯休《春晚桐江上闲望作》）

除柳永、苏轼写有富春江词作外，另有多位宋词名家为富春山水慷慨填词，同样颇多佳句：

"千古严陵濑，清夜月荒凉。水明沙净，波面一叶弄孤光。"（刘一止《水调歌头·和李泰发尚书泊舟严滩》）

"闲来溪上看云飞，溪光接翠微。"（陈伯康《阮郎归·钓台》）

"水到桐江镜样清。有人还似水清明。尊前无语更盈盈。"（赵彦端《浣纱溪》）

"富春巷陌花重重，千金沽酒酬春风。酬春风，笙歌园里，锦绣丛中。"（陆游《忆秦娥》）

"两岸烟林，半溪山影，此处无荣辱。"　（范成大《醉江月·严子陵钓台》）

"不见严夫子，寂寞富春山。空余千丈危石，高插暮云端。"（朱熹《水调歌头》）

"望桐江、千丈高台好。烟雨外，几鱼鸟。"（辛弃疾《贺新郎》）

"微云扫尽碧虚宽，月华光影寒。山河表里鉴中看，沈沈清夜阑。"（赵师侠《醉桃源·桐江舟中》）

这些唐诗宋词中的佳句，一如天下独绝的富春山水，令人过目难忘，回味共赏。吟读这样的诗句，不能不让人赞叹唐诗宋词之美和汉语表现力之强。

"严子滩复在，谢公文可追"

在唐诗宋词中，富春江除了自然美之外，更有人文美。这也是富春江吸引历代诗人的重要原因之一。唐朝诗人岑参的五言古诗《送严维下第还江东》最后几句便写出了当时文人的一种生活状态："严子滩复在，谢公文可追。江皋如有信，莫不寄新诗。"

富春江上有名胜古迹严子陵钓台，它是古代文人向往的精神家园。严子滩，也叫严陵滩、子陵滩、严滩等，诗中即指严子陵钓台。古代文人雅士慕名而来，怀古吟诗，互寄唱和。而"谢公"，即前引吴融诗中的"谢客"，指的就是我国山水诗的鼻祖谢灵运。"脚著谢公屐，身登青云梯"，追寻谢灵运的脚步游山玩水，寻诗作文，几乎成为唐朝诗人的风尚。富春江是谢灵运最早写山水诗的地方，是中国山水诗的发祥地。"谢公文可追"，理所当然。由于富春江吸引了大批唐朝诗人前来赏美景、访友人、吊古迹、发幽思。于是乎，富春江在唐朝就成了一条旅游热线，成为名副其实的"唐诗之路"。

白居易来了。他告诉世人我此行就是来旅游和访友的：

江海漂漂共旅游，一尊相劝散穷愁。

夜深醒后愁还在，雨滴梧桐山馆秋。

（《宿桐庐馆同崔存度醉后作》）

李白来了。他对严子陵佩服得五体投地，赞道：

> 松柏本孤直，难为桃李颜。
>
> 昭昭严子陵，垂钓沧波间。
>
> 身将客星隐，心与浮云闲。
>
> 长揖万乘君，还归富春山。
>
> 清风洒六合，邈然不可攀。
>
> 使我长叹息，冥栖岩石间。
>
> （《古风》）

他还给好友崔侍御寄去一诗《酬崔侍御》：

> 严陵不从万乘游，归卧空山钓碧流。
>
> 自是客星辞帝座，元非太白醉扬州。

张继的客船也来了。他与桐庐大才子章八元"相见谈经史，江楼坐夜阑"（《赠章八元》），他在拜谒严子陵钓台后，更是题诗一首：

> 旧隐人如在，清风亦似秋。
>
> 客星沈夜壑，钓石俯春流。
>
> 鸟向乔枝聚，鱼依浅濑游。
>
> 古来芳饵下，谁是不吞钩。

看得出来，他对严子陵的气节风骨同样佩服得五体投地。

英雄所见略同的还有王贞白，这位晚唐诗人不甘示弱，也写下与张继的同题诗《题严陵钓台》：

> 山色四时碧，溪声七里清。
> 严陵爱此景，下视汉公卿。
> 垂钓月初上，放歌风正轻。
> 应怜渭滨叟，匡国正论兵。

可以说，因为严子陵这个人物，让富春江唐诗从一出现，就带有厚重的历史人文气息。而以咏史怀古见长的宋词，更是如此。富春江宋词，几乎无一不与严子陵相关。

感谢苏东坡大才子，一而再再而三写下吟咏富春江及其钓台古迹的诗和词。下面，我们一起欣赏苏轼的《满江红·钓台》：

> 不作三公，归来钓、桐庐江侧。刘文叔、青眼不改，故人头白。风节倘能关社稷，云台何必图颜色。使阿瞒、临死尚称臣，伊谁力！
>
> 登钓台，初相识。渔竿老，羊裘窄。除江山风月，更谁消得？烟雨一竿双桨急，转头不分青山隔。叹鼻端、不省名利膻，京华客。

写钓台的众多宋词中，我特别喜欢石孝友的这首《清平乐·严陵》：

山明水嫩，潇洒桐庐郡。极目风烟无限景，说也如何得尽。

自怜俗状尘容，几年断梗飘蓬。借使严陵知道，只应笑问东风。

这首词把对富春江的评价赞誉和作者的个人经历高度结合在一起。面对无限美景，即使自己是断梗飘蓬，也是幸福的。

"极目风烟无限景，说也如何得尽。"同样，唐诗宋词中的富春江，如何说得尽呢?! 但愿本文能够引领大家继续走进唐诗宋词之中，去尽情领略富春江美不胜收的诗情画意。

（载 2019 年第 4 期《浙江水文化》）

烟波百尺桐江好

　　钱塘江—富春江—新安江真是一条特别有意思的江，三个名字其实就是同一条江，此外还有浙江、渐江、之江等多个别名。而起止于建德梅城至萧山闻堰的富春江，在桐庐县境内段又有一个别称，叫桐江。

　　那么，桐江一词究竟起源于何时？史料上没有明确记载。考证桐庐山水诗，最早的用法可以追溯到唐朝初期孟浩然（689—740）的《宿桐庐江寄广陵旧游》。我以为"桐庐江"即桐江的最早用法。孟浩然的好友大诗人李白（701—762）有"严光桐庐溪，谢客临海峤"的诗句，意思是说因为有严光隐居和谢灵运写诗，桐庐溪和临海峤都闻名天下。这里的"桐庐溪"即桐庐江。

　　此后，大概从谢灵运十世孙唐朝著名诗僧皎然（730—799）开始，"桐江"一词在山水诗中出现了。皎然写有一首五律《早秋思归示道谚上人》，开头两句写道："桐江秋信早，忆在故山时。"从此，桐江一词便在桐庐山水诗中频繁出现。唐大和六年进士洛阳人许浑（788—860）写有《寄桐江隐者》一诗：

> 潮去潮来洲渚春，山花如绣草如茵。
> 严陵台下桐江水，解钓鲈鱼能几人。

唐朝咸通七年（866）进士汪遵有一首七绝题目就叫《桐江》，其中有"严陵何事轻轩冕，独向桐江钓月明"的句子。桐庐籍晚唐著名诗人方干也有"赢得桐江万古名"（《题严子陵祠》）等诗句。另一位唐朝著名诗僧贯休（832—912）则更是写了《桐江闲居作十二首》《春晚桐江上闲望作》《秋末寄上桐江冯使君》等多首以桐江为题的诗。之后以桐江为题的有宋朝淳化进士赵湘《桐江晚望》、元绛《桐江晚景》、张伯玉《秋晚舟泊桐江》，还有刘澜的《桐江晓泊》一诗写得十分精彩：

> 风萧萧，冰瑟瑟，淡烟空濛冠朝日。
> 滩头枯木如画出，鹈鸪飞来添一笔。

元朝有程钜夫《桐江钓台》、尹延高《桐江舟中》、吴师道《桐江道中二首》、何景福《桐江怀古》等。其中元朝历任监察御史、开平府尹、枢密副使的河南光州人马祖常写有《桐江》一首简约而内涵丰富：

> 青山围县郭，碧树出旗亭。

千里桐江水，分明是酴醾。

明朝有张宇初《桐江即事》、徐中行《入桐江》、郑渭《舟次桐江钓台》、王叔承《月夜下桐江闻孤雁》、许正蒙《忆桐江旧游》、吴扩《桐江夜泊》等。明正德十六年（1521）进士吴延翰写有《夜过桐江二首》，第一首写得很有韵味：

波光月色满船窗，七里滩头鸟一双。
欲问钓台飞不见，短蓑吹笛下桐江。

清朝则更多，有周茂源《桐江晚眺》、祝秉贞《发桐江》、王佃《桐江舟中》和《桐江棹歌》、林兆斗《桐江舟中》、袁枚《桐江作（四首）》、毛升芳《桐江晓发》、徐道璋《桐江》、徐一麟《桐江道中》、周仪炜《桐江口号》、杨友声《桐江舟中》、许其光《桐江》、陈建举《桐江怀古》、高鹏年《题桐江渔隐图》等等。清末安徽歙县诗人江昉的七绝《桐江杂诗》写得很有意境：

重冈复岭锁烟霞，林静风微鸟不哗。
谁道仙源无路入，落红流出涧中花。

历代诗词中使用桐江一词的句子更是不计其数。诗中的名句有："海潮也怯桐江净，不遣涛头过富春。"（宋·杨万里《甲午

出知障州晚发船龙山暮宿桐庐》）"潇洒溪山梦此邦，轻风细雨过桐江。"（明·王袆《桐庐舟中》）

"一路桐江尽胜游。"（清·陶庆怡《送族子荆山经桐庐至严州》）

"烟波百尺桐江好。"（清·王楚堂《桐江留别》）

"桐江山色天下无。"（清·袁昶《大徐篆榜诗》）

宋词中词句有：

柳永《满江红》："桐江好，烟漠漠，波似染，山如削。"

赵彦端《浣沙溪》："水到桐江镜样清。"

辛弃疾《贺新郎》："望桐江，千丈高台好。"

以上这些句子，都毋庸置疑地说明，富春江最美的一段是桐江。

清朝有"诗佛"之称的诗人吴嵩梁（1766—1834）甚至写下这样的诗句："平生选诗梦，一半在桐江。"

不仅历代诗人喜欢用桐江之名作诗，历代画家同样常以桐江为题作画。如明朝陆治《桐江秋雪图》、明末清初邵弥《桐江归棹图》；近代萧愻《桐江晓渡》、张大千《桐江七里泷》、谢之光《桐江》、刘侃生《桐江秋色》、应野平《桐江晓雾》、关山月《桐江小景》等。有"杭州唐伯虎"美称的唐云先生大概特别喜欢桐江，竟一口气画了《桐江清晓》《桐江山水图》《秋水桐江图》《桐江风光》《桐江小景》《桐江秋深》《桐江垂纶》等多幅桐江美图。曾寓居桐庐10年的中国美院教授、博士生导师、著名美术史论家王伯敏先生，也画有多幅以"桐江"为题的山水画。

桐江一名，桐庐本地先贤也特别喜欢使用。编纂文集常常用《桐江钓台志》《桐江钓台集》《桐江诗话》等。修编家谱更是冠以桐江地名，如《桐江方氏宗谱》《桐江华氏宗谱》《桐江赵氏宗谱》《桐江吴氏宗谱》等。桐庐县档案馆姚朝其编著的《桐分谱牒》一书中，收入的家谱冠以桐江名称的竟然多达 68 部，可见桐江之深入人心。

方干后裔方斫南宋时期在仙居建造一座书院，也取名叫"桐江书院"，这座历经 800 余年风雨的建筑，如今依然是仙居县境内的一处重要人文景观。

近现代桐江名称也很常见。过去桐庐县城开元街上最大的餐饮店叫桐江饭店，其中"桐江醋鱼"是其招牌名菜。

如今，我们还能在"桐江人文大讲堂"、《桐江文心》《桐江吟》等人文名称中找寻它的踪迹。

"烟波百尺桐江好。"古往今来，人们都喜欢这段江，喜欢使用桐江这个别名。今日桐庐人更是精心呵护这一段江水，在历届县委县政府和全县人民共同努力下，富春江在桐庐县境内段连续十余年出境水优于入境水，也即上游进入桐庐境内的江水，经桐庐境域的保护净化，流出桐庐段界时，水质变优变好了。这可是省里权威机构检测并公布的结果。连续十余年，久久为功，桐庐人付出了怎样的努力呵！何以能如此，因为桐庐人对这条江爱得深沉，因为这条江有个别名，叫桐江。

（载 2018 年第 4 期《浙江水文化》）

历代诗人对桐庐山水的评价

古往今来，富春江吸引历朝历代无数文人墨客，前来尽情游历，寻诗觅画。他们在流连忘返中，频频发出毋庸置疑的顶级评价与赞美。

最早对富春江作出最高评价的，大概要算南朝梁诗人吴均了。他在"风烟俱净，天山共色"的富春江上"从流飘荡，任意东西"之后，喜不自禁，立马给他的好友发去一则 140 余字微信《与朱（一作宋）元思书》，赞叹：

自富阳至桐庐，一百许里，奇山异水，天下独绝。

尽管此信用的是骈体文，但通篇几乎都是诗的语言。从此，仿佛一锤定音，"奇山异水，天下独绝"，成了对富春山水的标志性评价。

吴均的广告效应是显而易见的。此后的历朝历代诗人纷至沓来。就连唐朝最有名的山水诗人孟浩然也迫不及待地赶来，尽管富春江一带"非吾土"（孟是湖北襄阳人），他也要先后在桐庐在建德各留宿一晚，体味桐庐江上"山暝听猿愁，沧江急夜流。风鸣两岸叶，月照一孤舟"（《宿桐庐江寄广陵旧游》）的美妙夜景和"野旷天低树，江清月近人"的迷人意境。而他白天路过严子陵钓台，看到"叠障数百里，沿洄非一趣。彩翠相氛氲，别流乱奔注。钓矶平可坐，苔磴滑难步。猿饮石下潭，鸟还日边树"的美景之后，禁不住发出"观奇恨来晚"（《经七里滩》）的感叹。孟浩然对桐庐境内的钓台奇境相见恨晚，也从侧面给了桐江山水一个极高评价。

北宋大诗人苏轼游历富春江之后，写下"三吴行尽千山水，犹道桐庐更清美"（《送江公著知吉州》）的诗句。他以千山水来衬托桐庐山水更清美，这样的评价不可谓不高吧。

元朝著名诗人萨都剌在《过桐庐》一诗中有"桐庐山水天下清"的赞美，而另一位元诗人李桓在《富春舟中》发出了"天下佳山水，古今推富春"的感叹。

更有甚者认为富春山水桐庐风光非人间所有，如晚唐诗人吴融在七绝《富春》中说"天下有水亦有山，富春山水非人寰"。宋朝诗人李纲也赞叹"清风弥棹桐君庐，溪光山色世所无"（《桐江行赠江致一少府》）。清朝诗人袁昶也有"桐江山色天下无"（《大徐篆榜诗》）的诗句。这位光绪年间进士曾官至太常卿的桐庐人对家乡山水有如此赞美太在情理之中了。"非人寰""世所无""天下无"，那便只能是天上有仙境有了。这样的评价与赞美显然是达到了极致。

　　前面多次出现了"桐江"（孟浩然诗题中的"桐庐江"也即桐江）这一名称，"桐江"是富春江在桐庐县境内一段的别称。历代诗人以此为题赞美桐江的山水诗实在太多了。这充分说明富春江最美的一段在桐庐。

　　自从范仲淹一气呵成写下《潇洒桐庐郡十绝》之后，"潇洒桐庐"成了桐庐最佳广告语传扬至今，而清朝诗人王士禛似乎觉得光说潇洒还不够，写下"桐庐最潇洒，水木况清秋"（《送刘宰之建德》）的诗句。让我仿佛看到一位古代诗人竖着大拇指对他的朋友说：还是桐庐山水最美最潇洒啊！如果可以与他对话的话，我真想告诉他：如今的桐庐更美更潇洒了！

　　　　　　　　　　　　　　　　　　　　　　（2016 年 4 月）

桐庐山水的最佳比喻

如果你问我可以用什么比喻来形容桐庐山水，那我就告诉你两个字——诗！画！

桐庐山水如诗如画，甚至连诗画都比不上。其实这不是我说的，如此说法桐庐山水诗中比比皆是。

南宋著名诗人陆游晚年曾来严州任知州，期间他经常到所辖的桐庐县境内巡访郊游，写下十余首桐庐山水诗。我们从《读范文正潇洒桐庐郡诗戏书》《桐江行》《桐庐县泛舟东归》《予欲自严买船下七里滩谒严光祠而归会滩浅陆行至桐庐始能泛江因而得绝句二首》等诗题和"万里飘然似断蓬，桐庐江上又秋风"（《官居戏咏三首》）"桐君山路无多远，元自知津莫问津"（《郊行》）"缥缈桐君山，可喜忽在目"（《钓台见送客罢还舟熟睡至觉度寺》）等诗句，可以想见他对桐庐山山水水的钟爱，以至于发出了"桐庐处处是新诗"（《渔浦》）的赞叹。此句用的是暗喻，意思是说，桐庐到处是像新的诗歌一样的新奇美景。"新诗"

当然不是现代意义上的新诗概念（即有别于传统格律诗的白话文自由诗）。我以为这个"新"字既有新旧的"新"的意思，表明桐庐风景不是像古诗一样陈旧的；但更有清新、新奇的意思。

在诗中用诗作比喻较为罕见，而以画作比喻来形容美景的却很常见。

晚唐诗人吴融在七律《富春》一诗中写下"水送山迎入富春，一川如画晚晴新"的感受。

范仲淹在《潇洒桐庐郡十绝》中描画了"潇洒桐庐郡，千家起画楼"的壮美景色。这与当代著名画家李可染来桐庐芦茨采风后创作的国画《家家都在画屏中》在立意上有异曲同工之妙。苏轼在《行香子·过七里滩》这首词中也形容桐庐山水"重重似画，曲曲如屏"。

清朝大才子纪昀，即大名鼎鼎的纪晓岚游历桐庐之后，一气写下四首七绝，取题目叫《富春至严陵山水甚佳四首》，"甚佳"就已表达了他对桐庐山水的喜爱。其中第三首前两句云："烟水萧疏总画图，若非米老定倪迂。"米老即米芾，是北宋著名书法家、画家、书画理论家。倪迂即倪瓒，是与大画家黄公望齐名的"元四家"之一。诗的意思是说，烟水萧疏的桐庐山水看去总像图画一样美，如果不是出自米芾画笔那就一定是倪瓒画的。

清朝桐庐籍诗人袁昶写有"桐江山色天下无，山围明镜如画图"（《大徐篆榜诗》）的诗句。这位官至太常卿的光绪年间进士对家乡的极顶赞美太在情理之中了。

以上说的是如诗如画。而唐朝诗人韦庄专门写了七律《桐庐县作》，却说"钱塘江尽到桐庐，水碧山青画不如"（前句也作"钱塘江尽桐庐县"），这样的评价显然更胜一筹，因而更加脍炙人口。这两句诗也当之无愧成为我县对外宣传使用频率最高的古诗。清朝诗人谢启昆在《过桐庐》一诗中也写道："午潮稳送过江橹，百里桐川画不如。"

诗画合用盛赞桐庐山水的莫过于清朝诗人刘嗣绾的《自钱塘至桐庐舟中杂诗》：

> 一折青山一扇屏，一湾碧水一条琴。
>
> 无声诗与有声画，须在桐庐江上寻。

"无声诗"即画，而"有声画"便是诗、是音乐。我以为这首诗简直就是一段桐庐山水风光视频，在灵动的画面中加上配乐诗朗诵。我一直特别喜欢这首诗，甚至认为是桐庐山水诗中的顶尖之作，桐庐人应该人人会熟背它。

曾经寓居桐庐十年的已故中国美术学院教授、博士生导师，著名美术史论家、书法家、画家、诗人王伯敏先生生前就特别钟爱此诗，写了很多幅此诗的书法作品，画了不少这首诗的诗意画。正如他在《"潇洒桐庐——画城"赞》一文中所言：

清有诗人抒怀曰："无声诗与有声画，须在桐庐江上寻。"这一"寻"字意无穷，寻要有能寻之人，寻要有可寻之处。应知寻者苦，又有寻者乐。在桐庐，寻来寻去，便得"诗中有画画如诗"。

　　这段话是对这首诗的最好阐释，也是对诗画桐庐"中国画城"的最佳注解。

　　王伯敏先生还以画家的眼光写下"富春好景在桐庐"（《七里扬帆》）的诗句，毫不掩饰他对第二故乡桐庐的喜爱与赞美，也算是与古代诗人对桐庐山水顶级评价的呼应吧。

　　（以上均载 2016 年第 4 期《杭州政协·万象天地》文史专栏）

好一个"桐庐色"

　　曾经写下桐庐山水诗顶尖之作"一折青山一扇屏，一湾碧水一条琴。无声诗与有声画，须在桐庐江上寻"的清朝诗人刘嗣绾（1762—1820）是阳湖（今江苏武进）人，然而他却特别喜欢桐庐，不惜笔墨盛赞桐庐。这位光绪年间进士曾官至翰林庶吉士的大才子还写过一首七律《子陵台》，其中第二联曰："一江倒入桐庐色，四壁飞来竹石声。"

　　好一个"桐庐色"！这个带有强烈地域色彩的词语引起了我的浓厚兴趣。

　　刘嗣绾为何会别出心裁提出这样一个概念？"桐庐色"究竟是怎样的颜色？带着这样的疑问我钻进了历代桐庐山水诗中。

　　我发现"桐庐色"这一概念几乎伴随着南北朝时山水诗的起源而形成，到唐朝时已初具雏形。其实唐朝三大顶级诗人中有两位都已表达了关于桐庐色概念的基本意思。

　　桐庐山水因为有严子陵的隐居故事和谢灵运的最先推介，连最伟大的唐朝诗人李白也喜爱有加。李白有诗云："严光桐庐溪，谢客临海峤。"（《翰林读书言怀呈集贤诸学士》）他又在《宣城青溪》一诗中写道："青溪胜桐庐，水木有佳色。"尽管诗中赞美的是青溪，但它用桐庐反衬之，同样说明桐庐水木有佳色。这正如毛泽东诗句"莫道昆明池水浅，观鱼胜过富春江"一样，说明富春江观鱼自古称绝。又如人们赞美一个女子说她比西施还漂亮，绝对没有贬低西施的意思。

另一位唐朝伟大诗人白居易在桐庐不仅拜访好友徐凝，而且夜宿桐庐馆与崔存度举杯畅饮，一醉方休。他更对桐庐山水赞不绝口。乃至后来形容别处竟写下"山形如岘首，江色似桐庐"（《百花亭》）的诗句。"江色似桐庐"，岂不就是"桐庐色"的最初表达！

那么，什么是桐庐色呢？桐庐色其实就是山色与水色。具体体现在"碧""清"和"绿""翠"等字眼。

桐庐水之清在南北朝时吴均《与朱元思书》中就有了经典的表述："水皆漂碧，千丈见底。游鱼细石，直视无碍。"与吴均同时代的沈约在《严陵濑》中也有"百丈见游鳞"的诗句。这或许是古诗文中对富春江观鱼之胜的最早表述。此后，历朝历代桐庐山水诗中多有类似的表达。如宋朝张伯玉在《宿桐庐县江口》一诗中写道："桐庐江水碧，百丈见游鱼。"清朝诗人许申瑑在《桐庐道中》有"水清真见底，山好不知名"的诗句。其他如"桐庐之山郁以纡，桐庐之水清且迂"（明·姚夔《桐庐》），"富春山下江水清，富春江上客星明"（明·汪九龄《子陵祠》），"恒河照鬓丝，桐水清无滓"（清·谢启昆《钓台》）等诗句都直白地表达了对桐庐"江水清"的喜爱。南宋四大家之一的杨万里在《甲午出知漳州晚发船龙山暮宿桐庐》一诗中的两句写得更妙："海潮也怯桐江净，不遣涛头过富春。"它用拟人手法极言桐江的清净，读后让人记忆深刻。

人们总是喜欢水清而讨厌水浑，喜欢水净而厌恶水浊。清净的江水又总是和青山融为一体，构成"绿水青山"的完美组合。因而绿色也毋庸置疑地成为"桐庐色"的主打色，也是桐庐这幅山水画的基本色调。

桐庐山水诗中，"绿"字入诗随处可见。"长川不是春来绿，千峰倒影落其间"（唐·吴融《富春》），"吴山青未了，桐江绿相迎"（宋·戴复古《桐庐舟中》），"桐江快人眼，江水绿如苔"（宋·王岩叟《钓台》），"桐庐江水绿如蓝，两岸山攒碧玉簪"（元·王恽《七里滩》），"绿水无今古，青山自笑颦"（清·李渔《富春道中》），"桐江春水绿如油，两岸青山送客舟"（清·袁枚《桐江作》）。而清朝才子纪晓岚《富春至严陵山水甚佳四首》之中一首把"桐庐色"可谓写得出神入化：

浓似春云淡似烟，参差绿到大江边。

斜阳流水推蓬坐，翠色随人欲上船。

在诗人眼里，满江的绿色或浓或淡，或深或浅，一直蔓延到江的两岸，满眼都是醉人的绿色世界。诗人置身其间，仿佛觉得

那一江翠色（即绿色）要跳上船来与人嬉闹一般。这首诗简直把
"桐庐色"写活了。

如此说来，"桐庐色"便是富有生命力的绿水青山之色。她
是大自然给我们的恩赐。千百年来人们喜爱她赞美她理所当然，
而我们世世代代呵护她保护她更是必须。因为，"绿水青山就是
金山银山！"

（载 2016 年第 3 期《浙江散文》）

从山水诗看古代桐庐旅游

如今，旅游早已成为人们生活的一部分，与每个人息息相关。现代概念上的旅游业桐庐还是先试先行地，曾有全国"县级旅游之冠"的美誉。其实，早在远古时代，随着船只的发明使用和人们对大自然的精神追求，旅游便在不知不觉中兴起了。由于桐庐境内得天独厚的山水旅游资源和恰似今日高速公路的富春江分水江两条黄金水道，桐庐旅游几乎是伴随着山水诗的起源而发端。从这个意义上说，桐庐简直可以说是中国旅游文化的滥觞之地。

据说"旅游"一词最早出现在南朝梁诗人沈约的《悲哉行》一诗之中："旅游媚年春，年春媚游人。"随后唐诗中出现旅游一词就已达 20 余处。晚唐著名诗人贾岛（即"推敲"典故主人）有一首诗题目就叫《旅游》。而桐庐山水诗中"旅游"一词最早出现在白居易《宿桐庐馆同崔存度醉后作》一诗：

> 江海漂漂共旅游，一尊相劝散穷愁。
>
> 夜深醒后愁还在，雨滴梧桐山馆秋。

这应该算是唐朝较早使用旅游一词的了。

伴随着山水诗的兴起和旅游一词的出现，旅游作为一种生活状态似乎从唐朝开始就渐渐兴盛起来了。

而且我以为唐朝时桐庐就已经成为一个重要的旅游目的地和集散地。有诗为证："那年离别日，只道往桐庐。桐庐人不见，今得广州书。"（刘采春《啰唝曲》）加上唐诗中多处出现桐庐的馆、楼更是一个明证。除白居易曾宿桐庐馆外，杜牧也曾"水槛桐庐馆，归舟系石根"（《夜泊桐庐先寄苏台卢郎中》）。唐睦州分水人状元施肩吾更是领略了"醉来引客上红楼，面前一道桐溪流"（《过桐庐场郑判官》）的独特风情。

现如今人们外出旅游可以靠飞机、火车、汽车、轮船等交通工具。那么古人来桐庐旅游靠什么交通工具呢？当然主要靠船只，因为桐庐得水路之利，是中国古代东南部地区南来北往的交通枢纽。

山水诗几乎是依赖于舟船的广泛使用而诞生的。谢灵运乘舟"宵济渔浦潭，且及富春郭"（《富春渚》）。沈约是"眷言访舟客，兹川信可珍"。任昉则在桐庐"维舟久之"，孟浩然更是"为多山水乐，频作泛舟行"（《经七里滩》）。可以说古时候如果没有船，就不会有云游四方的诗人，不会有山水诗，当然也不会有旅游。很难想象今天如果没有汽车火车飞机，谈何旅游！

历代桐庐山水诗中，舟、船、艇、帆、蓬等字眼入诗题诗句之中实在是太多太多了。顺手一撸便可抓着一大把。重复以《舟过桐庐》或《桐庐舟中》《桐江舟中》为题就比比皆是，再如《桐庐江中初打桨》《秋晚舟泊桐江》《泛舟至桐溪》《桐庐舟中见山寺》《舟泊严滩》《过钓台舣舟江干》《舟次桐江钓台》《桐江舟行杂咏》《已卯严濑舟中作》《桐江回棹过钓台怀古》《桐庐放棹》《富春江舟中晚望》等等。诗句更是多如牛毛，精选几句与您共享："归人乘野艇，带月过江村。"（唐·刘长卿《送张十八归桐庐》）"昨辞夫子棹归舟，家在桐庐忆旧丘。"（唐章八元《归桐庐旧居寄严长史》）"近县人人喜，来船岸岸移。"（宋·杨万里《舟过桐庐三首》）"往来桐江船，必拜严子祠。"（宋·赵蕃《拜严方范祠》）"系舟人语静，纤月映江波。"（明·吴扩《桐江夜泊》）"琴书安稳压扁舟，一路桐江尽胜游。"（清·陶庆怡《送族子荆山经桐庐至严州》）"雨点白昼打客船，船行无风七十里。"（清·查慎行《七里泷》）"两岸濛濛空翠合，琉璃镜里一帆行。"（清·纪昀《富春至严陵山水甚佳四首》）其中"往来桐江船，必拜严子祠""一路桐江尽胜游"岂不就是名胜古迹旅游与风景观光旅游的贴切表达。

古人多半是乘船游桐江，但居然还有骑驴来桐庐的。宋朝福建莆田人刘克庄（1187—1269），这位曾任中书舍人、龙图阁直学士的诗人所写《桐庐》一诗颇有意思：

桐庐道上雪花飞，一客骑驴觅雪诗。

亦有扁舟蓑笠兴，江行却怕子陵知。

  "潇洒桐庐县，征帆第几程。"（清·吴振棫《桐庐》）历史在轮回中走过了一程又一程。随着高铁时代的到来，桐庐旅游（当然还有各行各业）将会迎来一个腾飞的时代。当然，我们在追求快速的同时还应该为人们创造放飞心灵的慢生活条件。对此桐庐又先行先试了，富春江（芦茨）慢生活体验区在复古中创造前卫。而且，下一步桐庐还将推出"'唐诗西路'《富春山居图》水上实景游"项目，让人们仿佛古代诗人一般，去切身体验水送山迎的感觉，尽情领略一川如画的风景。

  "桐庐处处是新诗。"八百年前陆游就肯定地告诉我们，桐庐是一个适合全域旅游的地方。

（2016 年 4 月）

桐庐山水诗中的夜景

如今，富春江畔的桐庐县城，每当入夜，灯光璀璨，引人入胜，成为一道亮丽风景，让外来游客流连忘返，赞叹不已。

其实，桐庐夜景自古有名。富春江山水诗中，有那么多以夜泊为题材的诗作，给我们描绘了古时候桐庐夜色的自然之美、宁静之美与和谐之美。

唐朝著名山水诗人孟浩然夜宿桐庐之后，有感而发，写了一首五言律诗寄给远在扬州的老朋友，前半首写的就是桐庐江上夜景："山暝听猿愁，沧江急夜流。风鸣两岸叶，月照一孤舟。"（《宿桐庐江寄广陵旧游》）这是天然原始的桐庐夜景。其中"风鸣两岸叶，月照一孤舟"是其名句，几乎与他《宿建德江》中"野旷天低树，江清月近人"的佳句齐名。当然，本身《宿桐庐江寄广陵旧游》和《宿建德江》就是孟浩然山水诗中著名的姐妹篇，在中国山水诗中占有重要地位。

另一位唐朝诗人杜牧"水槛桐庐馆，归舟系石根"之后，写了《夜泊桐庐先寄苏台卢郎中》一诗，给他朋友也给我们描绘了"笛吹孤戍月，犬吠隔溪村"的夜景，但我以为此诗尚不具备典型性，几乎有边塞诗的意味，远不如清朝诗人周思鉴在《月夜过钓台》中的"水色空濛月色寒"来得纯粹。

描写桐庐夜景诗最出彩的我以为莫过于元朝诗人吴师道的七言古风《桐庐夜泊》和明朝诗人吴扩的五律《桐江夜泊》。

吴师道《桐庐夜泊》一诗是这样的：

合江亭前秋水清，归人罢市无余声。

灯光隐见隔林薄，湿云闪露青荧荧。

楼台渐稀灯渐远，何处吹箫犹未断。

凄风凉叶下高桐，半夜仙人来绝巘。

江霏山气生白烟，忽如飞雨洒我船。

倚篷独立久未眠，静看水月摇清圆。

吴师道（1283—1344），字正传，浙江兰溪人，至治进士，延祐年间为国子博大，以礼部郎中致仕。此诗为我们描绘了七百余年前桐庐县城的夜晚景色。从诗意可看出那时合江亭不像现在一样建在桐君山半山腰，而是建在江边。手头正好有一本《杭州古旧地图集》（浙江古籍出版社 2006 年 10 月版），其中收入最早的《桐庐县境图》是南宋淳熙十三年（1186）出版的《严州图经》附图，图中合江亭正位于两江交汇处的东门头。从诗中我们还可看出那时县城东门头一带显然已很繁华了。

　　吴扩的《桐江夜泊》写得更有意思：

> 系舟人语静，纤月映江波。
>
> 木叶秋交下，山烟晚更多。
>
> 隔云孤磬杳，照水一萤过。
>
> 渔子间相狎，中宵发浩歌。

　　这是写古时富春江夜景最佳最妙的一首诗。诗中不仅描绘了秋夜的江景，还写出了当时桐庐的风情。20 余年前我在当时的《桐庐报》"桐君山"副刊开设《富春江诗浅析》专栏时曾赏析过此诗：

　　这是一个新月的秋夜，诗人在船中难以入眠，便欣赏起富春江夜景来：江岸的树叶在夜风中纷纷飘落，而烟雾也更加浓重了；一弯像磬（古代一种形似曲尺的打击乐器）一样的月牙儿在云中是那样的杳渺，而有时它的纤弱的光亮掠过水面，又恰似萤火虫飞过一般——这是一个多么幽静的夜晚。然而，夜半时分从不远处江面上不时飘过来渔民们亲热的对歌声，更增添了这秋夜的宁静。

　　据《桐庐县志》记载：桐庐港湾，"渔舟往来，至晚尝闻歌声，名'桐溪渔唱'。"我们现在已经领略不到这种古朴的情趣，却能尽情享受渔火与灯火辉映的现代场景。

（2016 年 5 月）

山水诗中的山水之城

如今的桐庐县城，长街伴长河，高楼对高峰，呈现一派繁华的景象。中国最美县城已成公认，声名远扬。

那么，几百年前甚至千余年前的桐庐县城是怎样的呢？感谢历代诗人给我们留下的山水诗作，让我们今天得以从文字和诗意中去领略桐庐古城的风貌。

桐庐县城自从唐朝开元年间迁建至如今的县城江北区域之后，由于两江交汇的有利地形，县城渐渐繁华起来。从唐诗中可知，县城沿江一带已建有不少馆、楼、阁等。如白居易、杜牧住过的"桐庐馆"，施肩吾眼里的"红楼"，方干笔下的"桐庐江阁"等。

"桐庐县前洲渚平，桐庐江上晚潮生。"这两句是唐大中年间进士李郢《友人适越路过桐庐寄题江驿》中的诗句。题目中的"江驿"告诉我们一个重要信息，唐朝时桐庐便是一处交通要地。古时官府会在内陆地区或者江岸设置驿站，以供传递文件或军事情报，或是供来往官员途中食宿休息、换马换乘。江边的驿站便是"江驿"。唐朝武元衡《路歧重赋》中有"分手更逢江驿暮，马嘶猿叫不堪闻"的诗句。宋朝苏轼《适居临皋亭》中也有"全家占江驿，绝境天为破"的诗句。李郢诗题明确告诉我们，唐朝时桐庐县城江边已建有江驿。

明朝开国功勋刘基（伯温）一首七绝题为《夜泊桐江驿》，"不是云台兴帝业，桐江无用一丝风"是其名句。另一位明朝诗人何白写有《登桐庐驿楼》一诗，其中有"水宿疲舟楫，晴天喜驿楼"诗句。清朝舒梦兰《桐江夜泊酬双公》一诗中："夜泊桐庐县，渔灯绕驿青。"说明直到明清时期桐庐江驿依然留存着。

千年变迁，世事轮回。如今市、县两级政府在"三江两岸"绿道建设过程中，沿途建有不少驿站，实在是古为今用的一个典范。区别在于如今的驿站不是供官员而是供老百姓途中休息的场所。值得点赞。

北宋诗人胡宿《过桐庐》中的"茶烟渔火遥堪画，一片人家在水西"，则说明近千年前桐庐县城之繁华，不仅值得一看，甚至值得描画。

元朝诗人钱彦隽在《桐溪》一诗中描绘的桐庐县城景致更让我们印象深刻：

> 桐君山下望层城，万顷烟波一叶轻。
>
> 绿树朦胧残照落，不知何处棹歌声。

　　这首诗把桐庐古城与富春江融为一体的特点鲜明地表现了出来。诗人傍晚时分站在桐君山顶，满眼望去桐庐古城鳞次栉比，城边烟波浩渺，轻舟一叶，绿树朦胧，渔舟唱晚。这是一幅迷人的江城夕照图。而且这首诗几乎是最早用"城"来表达桐庐县城的一首诗。

　　古时候的桐庐县城两面临江（富春江、分水江）背后靠山（舞象山、安乐山等），是一个三角形的弹丸之地，既是一座江城，也是一座山城。此后诗人对这一特点多有描述。如"青山依旧抱荒城"（元·徐舫《桐君山》），"孤城一片水云间"（清·王修玉《泊富春山下》），"青山如画绕孤城"（清·何熊《富春江晚泊》）。这些诗句都印证了另一位清朝诗人桂兴宗在《泊桐庐县》时的所见："舟来细雨秋江上，县在群峰翠霭间。"桐庐县城在"群峰翠霭间"，这样的描写也是绝了。这些诗句都明确告诉我们，桐庐县城自古就是一座山水之城。

　　明朝诗人汪时和还写有《桐城览古》一诗：

　　　　缥缈层城带水云，山川民物蔼余芬。
　　　　泽中垂钓星为客，江上逢人桐是君。
　　　　七里影悬潮有信，两高天地月平分。
　　　　寒更不断舟来往，咿呀声随钟磬闻。

　　诗中不仅写了桐庐县城的风光与风土，还写了桐君与严光的人文风情。

当然，山水既是环境优势，也会成为城市发展的制约因素。千百年来，桐庐古城再怎么繁华，也不过是一座"孤城"。在元末明初桐庐老乡徐舫的眼里甚至还是"荒城"，因而他在《桐君山》诗中还有"古来潇洒称名郡，莫把繁华数汴州"的诗句，毫不掩饰他对家乡失去唐宋时期的繁华景象的不满。

曾几何时，桐庐人对县城建设与发展同样不满。直到改革开放以来，尤其是富春江一桥二桥的相继建成，打破了桐庐县城发展的瓶颈，城市得以跨江发展，桐庐县城的建设才驶入快车道。特别是最近十余年来，简直是加速度变化。当然，我们今天再怎么建设，都不能摈弃山水优势，因此，县里一再提出的一个目标是建设"山水型现代化"城市，把山水型作为前提实在是明智之举。再加上现代化，那么，桐庐县城已然不是"孤城"更不是"荒城"，而是一座"城在山水间山水在城中"的独具气势的现代化新城。

（2016 年 5 月）

桐庐山水诗中的著名建筑物

正如中国山水画少不了建筑物点缀其间一样，山水诗中也常常会写到建筑物。富春江山水诗中便有不少建筑物。那么，历代富春江山水诗中究竟出现过哪些著名的建筑物?

提起富春江畔的著名建筑物，不能不说桐君山上的桐君塔。由于桐君老人采药济世的美丽传说，又由于桐君山的特殊地理位置。桐君山毫无争议地成了桐庐的标志，而桐君山上的白塔又无疑是桐庐古城的标志性建筑。这座中实而不可登的七级白塔建于何时已无据可考。但宋朝时显然已经存在了。南宋四大家之一的杨万里在《舟过桐庐三首》中第一首写道：

> 潇洒桐庐县，寒江缭一湾。
>
> 朱楼隔绿柳，白塔映青山。
>
> 稚子排窗出，舟人买菜还。
>
> 峰头好亭子，不得一跻攀。

杨万里此诗不仅告诉我们桐君山上建有白塔，而且还有楼与亭等其他建筑。

除了杨万里此诗写桐君塔较有名外，另一位元末明初的桐庐籍诗人李仲骧《桐君山》一诗写得更有意境：

> 木尽露嵌嵚，红尘离市音。
> 西来天目远，东望白云深。
> 塔影中流见，渔灯半夜沉。
> 烟波竞名利，应负指桐心。

根据此诗"西来天目远，东望白云深"的意境，桐君山顶如今建有四望亭。

除桐君塔外，桐君山上的另一座著名建筑便是桐君祠。据《桐庐县志》记载，桐君祠始建于宋元丰（1080—1083）年间。元末明初桐庐诗人徐舫写有《桐君祠》一诗，"山势联翩青凤凰，梧桐花老旧祠堂"的诗句显然告诉我们那时桐君祠已经破旧了。另一位同时代的诗人萨都剌《过桐君祠》"荒祠路断人行少，石上苍台长瑶草"更印证了这一点。好在其时桐庐典史张小山（名可久，字仲达，号小山，宁波人）捐出自己的俸禄修建桐君祠。徐舫有感于此写了《张小山捐俸重修桐君祠》《祠完迎桐君归祀》等诗，赞赏张小山"先生远有烟霞趣，镌玉捐金隐者祠"的义举。

桐君祠后又多次被毁。现在的桐君祠是桐庐县政府于 1982 年重修的，"桐君祠"三字由叶浅予先生题写。

另一座著名建筑便是合江亭，此亭名称便点出了富春江与分水江两江汇合的地理特征。关于此亭的地址变迁我已在前文中作了介绍，在此不再赘述。明朝桐庐凤岗人李恭一首《题合江亭》写得很有意味：

> 一丝风下碧玉天，亭上窗开霁色鲜。
> 严子钓台青树里，桐君丹灶白云边。
> 千家画栋前朝屋，百里清江过客船。
> 潇洒桐庐几兴废，野花山鸟自年年。

桐庐境内最最有名，入诗最多的建筑，应该非严先生祠堂莫属了。严子陵祠大概早在唐朝之前就有了，因而唐朝初年洪子舆就写有《严陵祠》一诗，其中有"幽径滋芜没，荒祠幂霜霰"的诗句。不过那时候应该是家祠，而且也已成荒祠。范仲淹任睦州知州时，首次以州府名义建造严子陵祠。并且写了著名的《桐庐郡严先生祠堂记》，记后歌诀脍炙人口："云山苍苍，江水泱泱。先生之风，山高水长。"

从此以后，历朝历代文人雅士接踵而来。"往来桐江船，必拜严子祠。"（宋·赵蕃《拜严方范祠》）桐庐诗词中以严子陵祠堂为题材的诗简直可以单独编一本诗集。严先生祠堂几乎成了历代文人的精神家园。其中的名篇有晚唐桐庐籍诗人方干的《题严子陵祠》之一：

> 物色旁求至汉庭，一宵同寝见交情。
>
> 先生不入云台像，赢得桐江万古名。

由于范仲淹修建严先生祠堂时请人在东壁画上方干像配祀，又由于后人景仰范公高风亮节，南宋诗人赵蕃甚至称这座祠堂为"严方范祠"。

如今的严先生祠堂是桐庐县政府 1983 年重建的，它在富春山下的青山绿水间静候来自四方的游客。

桐庐山水间的另一座著名建筑要数清芬阁了。此阁由北宋进士方楷有感于范仲淹赠其诗中赞赏他的先祖方干"幽兰在深处，终日自清芬"之品格的诗句而建，建在白云村（即今芦茨）的溪边。清芬阁建成以后，历朝历代前来拜谒方干的文人墨客不计其数，《严州诗词》中收入从宋朝到清朝以清芬阁为题的诗便有 100 余首。其中宋朝治平四年（1067）进士、官至祠部郎中的常州人张景修《清芬阁》一诗是这样的：

> 严子钓台畔，犹闻吟啸声。
>
> 荣华付诸弟，潇洒继先生。
>
> 自制茶枪嫩，新开酒面清。
>
> 红尘不抛罢，那得白云名。

此诗为我们描绘了方干故里白云村方干后裔自得其乐的田园生活。

另一位宋朝诗人朱彦（熙宁九年进士，江西南丰人）在《题方氏清芬阁》一诗中"至今名字照人目，直与山水为无穷"的句子则表示方干的诗名和他的人格魅力与山水并存。这是对诗人方干的极高评价。可惜如今清芬阁已不复存在，前些年我曾建议在芦茨村中恢复建造清芬阁，希望这个愿望能够早日实现。

富春江山水诗中还有许多其他建筑，恕不一一。有兴趣的读者不妨自己去诗中找寻。

（以上均载 2016 年第 5 期《杭州政协·万象天地》文史专栏）

桐庐诗词中的风物美味

桐庐之山郁以纡，桐庐之水清且迂。

襟江带溪泻澄练，锦峰绣岭列画图。

风淳俗美词讼无，家诗户书颇尚儒。

最喜泉甘土更沃，况复鱼鲜米胜珠。

这是桐庐人文史上大名鼎鼎的明朝两部尚书姚天官姚夔一首长诗的前几句。在他笔下，家乡桐庐的山水之美，风俗之淳，物产之丰，跃然纸上。

"最喜泉甘土更沃，况复鱼鲜米胜珠。"桐庐堪称物华天宝之地，是名副其实的"鱼米之乡"。丰富的风物美味自然也时时出现在历代诗词中，令人回味无穷。

由于富春江和分水江中蕴藏着丰富的渔业资源，自古以来，桐庐境内的江面上就活跃着捕鱼为生的渔民，直到今天，还有百余条渔船每天出没风波里。而且在千百年的捕鱼生涯的传承中，形成了"桐溪渔唱"古代风俗和"富春江渔歌"非物质文化遗产，可惜现在都已无法实地领略这种独特的风俗。

范仲淹《潇洒桐庐郡十绝》之八："潇洒桐庐郡，清潭百丈余。钓翁应有道，所得是嘉鱼。"好山好水自然有好鱼。那么，在历代诗人笔下，富春江中究竟有哪些"嘉鱼"呢？最名贵的鲥鱼自然是不能缺席的。清朝诗人朱昆田写有《饷鲥鱼》一诗：

> 扬花落后到江乡，脱网鲥鱼白似霜。
> 马上裹冰初入贡，雨中穿柳忽分将。
> 行厨亦解和鳞煮，缓带先判恣意尝。
> 太守新来招一户，官斋直欲醉干场。

此诗几乎把鲥鱼的特点和捕获后上贡的风俗写尽了。另一位清朝曾出知严州府事的湖南衡山人聂镐敏写有《七里泷水新涨网得鲥鱼》两首七绝，其一：

> 山城一夜雨濛濛，七里滩前水拍空。
> 五月鲥鱼真入网，使君孚信及鳞虫。

其二：

> 一尾分来杞菊厨，开樽聊为醉云腴。
> 此间况味谁人识，再拜严陵学钓徒。

据介绍"富春江以盛产鲥鱼而闻名全国，每届春夏之交，端午前后，鲥鱼从海洋进入钱塘江，上溯至桐庐县排门山、子陵滩一带产卵，产后归海，其名即取其来去有定时之意。"由此可见，定时而来是鲥鱼最大特征，故名鲥鱼。除前列"五月鲥鱼真入网"诗句外，清顾倬樨又有"四月鲥鱼九月蟹"之句。上世纪六十年代初郭沫若先生秋季来桐庐，也写有"鲥鱼时已过，齿颊有余香"诗句，表达遗憾之情和对鲥鱼美味的赞赏之意。令人痛憾的是，目 1996 年捕获最后一条鲥鱼后，富春江鲥鱼绝迹至今。

严子陵钓台一带有一种特有的鱼种，大不过寸，名叫子陵鱼。清乾隆年间进士曾任祭酒官的钱塘才子吴锡麒专门写有《子陵鱼》一诗：

> 更比银鱼小，来逢五月时。
> 上滩争一雨，出网胃千丝。
> 匕箸情何忍，烟波味可知。
> 高名肯相借，钓竹莫轻垂。

另一位清代江苏太仓人徐庚写有《簇水·咏子陵鱼》词一首：

半寸银花，桐江上番春风起，高台坐钓。不信是为伊投饵，还似羊裘残矗。卷共杨花坠，迎浪化千头针细。真好事，千载下，鳞鳞白小。谁为注，先生字，冰衔弹铗。喜乍见香羹至，想象梅家仙耦，举案耽风味，更不用，戏赌金盘鲤。

这两首诗词写尽子陵鱼独特风味。而另一清诗人翁文源在一组题为《过桐庐》七绝中写有一诗记录捕子陵鱼情境：

> 鸬鹚港口钓人居，不断榔声听夜渔。
> 十九泉边看撒网，银花飞满子陵鱼。

还有一位清朝大学者俞樾也专门写有《子陵鱼》长诗一首，其中有"我爱此鱼名字好，客星化作鱼星小"之句。据记载，子陵鱼产于富春江上的七里泷峡谷。江流湍急，水质明净是子陵鱼生长得天独厚的理想环境。每年初夏，体小不盈寸的子陵鱼浩浩荡荡溯江顶流而上。子陵鲜鱼通体晶莹透明，形似太湖银鱼。鲜美可口，别有风味。关于子陵鱼，还有一个美妙的传奇故事：相传东汉时，严子陵为逃避做官在七里泷富春山隐居垂钓。每年五六月间，有一小似银针的水族，频频来此拜谒严子陵，非要磕破鼻子方休，年年代代如此。后人感其诚，称此小似银针的鱼叫子陵鱼。可惜现在此鱼也很少见。

历代桐庐诗词中出现最多的鱼无疑是鲈鱼。但其中绝大多数并非写鱼，而是用"莼鲈之思"的典故。据《世说新语·识鉴》："张季鹰（翰）辟齐王东曹掾，在洛，见秋风起，因思吴中菰菜羹、鲈鱼脍，曰：'人生贵得适意尔，何能羁宦数千里以要名爵！'遂命驾便归。"后来被传为佳话，用"莼鲈之思"成为思念故乡的代名词，也用鲈鱼莼羹指代归隐。桐庐诗词中无论"严陵台下桐江水，解钓鲈鱼能几人（唐·许浑《寄桐江隐者》）"
还是"白羽鸟飞严子濑，绿蓑人钓季鹰鱼（唐·韦庄《桐庐县
作》）"，都是借典喻人，称颂严子陵不事王侯归隐富春江之迹，
而非实写鲈鱼。当然，其中也有既写鲈鱼，又借以喻人的双关诗
作，如唐代李郢《友人适越路过桐庐寄题江驿》云："麦陇虚凉
当水店，鲈鱼鲜美称莼羹。"如今，富春江中白鲈鱼肉质细腻，
鲜嫩味美，几乎成为最佳鱼鲜了。

富春江中野生鳊鱼数量众多，本来难以入诗，然而其中一款
"缩项鳊鱼"却是例外。"缩项鳊鱼"据查是汉水流经襄阳段的特
产，该鱼头项短粗、背弓、体扁平而宽，鳞细而银白，俗称缩项
鳊鱼，又称"槎头缩项鳊"。在唐诗中已多有提及。而桐庐诗词
中也有写到。如清代魏丙庆《寄松生桐庐郡》一诗中有："富春
山水接桐庐，缩项鳊鱼味最腴。"清著名诗人查慎行《江行六言
杂诗》云：

> 水色绿头雄鸭，舟行缩项鳊鱼。
>
> 千点桃花拍岸，春潮不过桐庐。

由此可见，"缩项鳊鱼"也是富春江中特产。即使今天我去
菜场买富春江野生鱼，渔民会指着一种头特别小身子略长的鳊鱼
用桐庐船上人方言说："个种小头短头颈的鳊鱼味道好些咯，买
根去吃吃。"看来尽管富春江鲥鱼已绝迹，但缩项鳊鱼等美味江
鲜我们今天依然有口福品尝。

富春江中还有一种至今产量颇丰的鱼种潮鱼，既可鲜烹，也可制成鱼干，味道更好。姚燮大概特别喜欢吃家乡潮鱼，其九弟曾给他寄去潮鱼，姚燮食用后高兴地写下两首七绝诗以记之，《食九弟所寄潮鱼诗以谢之二首》，其一：

> 几年不食家乡味，想煞桐江旧钓矶。
> 一尺潮鱼千里念，弟兄情分世应稀。

其二：

> 潮鱼虽短味偏长，珍重君能远寄将。
> 嫩韭蒸来香满口，一餐午膳倍寻常。

诗中既表达了对家乡美味的回味与赞许，又表达了对兄弟情谊的感激与谢意。

富春江中还有许多江鲜美味，"山中秋色香粳熟，垄下朝寒赤鲤肥（宋·王存《子陵钓台》）。""西塞山前春水涨，鳜鱼正肥桃花放（清·高辛仲《题戴海槎春江垂钓图》）。""竹暗翻朱鸟，滩清数白鱼（清·朱彝尊《七里濑经严子陵钓台作》）。""春茗摘芽云窦冷，秋醅酿熟蟹螯肥（明·俞谏《题钓台环峰精舍》）。"这些鱼蟹鲜味不仅留存在历代诗词中，更时时出现在今日人们的餐桌上。

除江鲜之外，泉甘土沃的桐庐当然还有许多物产。"潇洒桐庐郡，春山半是茶。"茶叶便是桐庐突出物产之一，本人已写《历代桐庐诗词中的茶味》一文予以介绍。有意思的是，茶酒不分家，"自制茶枪嫩，新开酒面清（宋·张景修《清芬阁》）。"历代桐庐诗词中也充满着酒香，既有"何时故山里，却醉松花酿（唐·刘长卿《奉使新安自桐庐县经严陵钓台宿七里滩下寄使院诸公》）"的悠然，又有"船头载余杭酒，枕上看富春图（查慎行《江行六言杂诗》）"的潇洒，更有"忽忆十年前过此，富春把酒看春山（清·祝秉贞《发桐江》）"的豪迈。

明朝王祎《桐庐舟中》写道："野果青苞垂个个，水禽白羽去双双。"在诗人眼中，一路所见野果水禽不仅是可以享用的美食，也是赏心悦目的美景。宋代政和年间进士福建邵武人李纲更是满怀深情写道：

清风弭棹桐君庐，溪光山色世所无。

故人见我一笑粲，杀鸡为黍聊自娱。

（《桐江行赠江致一少府》）

此诗不仅描绘了桐庐美景，更描述了古代桐庐人热情好客的风情。

历代诗词中写到的桐庐风物美味还有很多，限于篇幅，恕不一一。有兴趣的朋友不妨去桐庐诗词中寻味。

（收入 2018 年 10 月杭州出版社出版《桐庐味道》一书）

历代桐庐诗词中的茶味

潇洒桐庐，茶香千年。

其实何止千年！我曾写过一组题为《桐庐与茶》的文章，其中根据唐朝刘禹锡诗句："炎帝虽尝未解煎，桐君有篆那知味。"提出"桐庐是我国茶文化的发祥地"。因为根据刘禹锡诗意，炎帝（即神农氏）虽然初尝茶叶解毒而发现了茶叶，但他只是咬嚼还没有煎煮，而约五千年前黄帝时期隐居桐庐的中药鼻祖桐君却是煎煮茶叶并记录茶叶功效的第一人。后来，桐庐县政协原主席李锡元前辈撰文佐证我的观点。这一提法也被杭州市茶文化研究会编纂出版的《杭州茶文化发展史》采纳。由此可见，桐庐不愧是我国茶文化的发祥地，是一个茶文化底蕴深厚的地方。最近为写《桐庐与山水诗》一组文章，又一次通读《富春江名胜诗集》《潇洒桐庐诗文选注》《严州诗词》等多部诗集并查阅了清康熙与民国版《桐庐县志》。发现历代桐庐诗词中除了我们熟知的几首咏茶诗外，还有许多与茶有关的诗，充分说明桐庐茶文化的源远流长。

　　唐朝是中国茶文化真正兴起的时期。唐朝时桐庐不仅是我国重要产茶区，而且也是茶文化的初盛地。茶圣陆羽甚至说好茶"睦州生桐庐县山谷"。陆羽还在严子陵钓台命名其所见泉水为天下第十九泉。或许正因为如此，唐朝分水人状元施肩吾曾陪朋友来桐庐"榷茗"："荥阳郑君游说余，偶因榷茗来桐庐。"榷茗即榷茶，是我国旧时对茶叶实行征税、管制专卖的措施。施肩吾因郑州郑判官的游说，来到桐庐专事榷茶，可见当时桐庐茶业市场的繁荣。他的《过桐庐场郑判官》一诗详细介绍了桐庐茶叶交易市场的情景。此诗我曾在《桐庐与茶》一文中做过介绍，在此不再赘述。

　　最能说明桐庐茶事之盛的诗当然得首推范仲淹的两首诗。其一即《潇洒桐庐郡十绝》之六：

　　　　潇洒桐庐郡，春山半是茶。

　　　　新雷还好事，惊起雨前芽。

　　范仲淹另一首咏茶诗《和章岷从事斗茶歌》则更为著名。方健先生在《范仲淹评传》（南京大学出版社出版）中写道："在桐庐，他创作了《和章岷从事斗茶歌》，这与卢仝《谢孟谏议试茶歌》一起被誉为我国茶文化史上最为出色的双璧。"2015 年我据上述两诗写了《从范仲淹诗看北宋时桐庐郡茶事之盛》一文，有幸获"第二届杭州·开封宋茶文化研讨会"征文三等奖。我在文中提出"桐庐郡在北宋时是我国茶产业的繁荣之地"和"北宋时桐庐郡是斗茶习俗及茶文化的兴盛之地"的观点。此文又被收入"第六届中国范仲淹国际学术大会"论文集，我也于今年十月中旬应邀赴岳阳参加会议并作学术演讲，阐述此文的主要观点，并再次宣传推介"潇洒桐庐"。

以上施肩吾、范仲淹的诗是以茶为主题来吟咏的，可以说是纯粹的咏茶诗。这样的诗并不多见，清朝康熙年间知县陈苌《桐江竹枝词》20首中第四首是：

> 谷雨村村摘嫩芽，纷纷香气出篱笆。
> 山家客到无供给，泉水新烹自焙茶。

另一位清朝诗人桐庐人袁昶也写有8首《桐庐竹枝词》，其中第四首即写了蚕茧与茶叶：

> 背人掣茧织轻罗，白地回肠损翠蛾。
> 的的采茶人已去，春山犹唱采茶歌。

而其他更多的诗则仅仅是写到了茶，即所谓广义的咏茶诗。这样的诗在桐庐历代诗词中十分常见。

唐大中进士曹邺的一首七绝《题山居》写得很有意思：

> 扫叶煎茶摘叶书，心闲无梦夜窗虚。
> 只因光武恩波晚，岂是严君恋钓鱼。

如今我们去严子陵钓台，一登岸就能看到刻有此诗的石碑。此诗由今及古，由现实生活联想到历史典故。而且关于光武帝与严子陵的关系一反常论。

宋朝天圣进士常州晋陵人胡宿写过一首题为《过桐庐》的七律，其中结尾两句是："茶烟渔火遥堪画，一片人家在水西。"尽管诗中未直接写茶，但"茶烟渔火"的表述本身就说明了茶与人们居家生活的密切关系。

另一位北宋诗人张方平写有《新定道中寄桐庐关太守三首》，其中第三首云：

> 帆挂桐君山，橹入富春渚。
>
> 寒风荡江波，烟雨迷汀树。
>
> 煮茶论药经，挑灯数棋路。
>
> 全胜谢惠连，独往新安去。

诗后作者有自注："同行者蜀僧吉善医，茂材龚君美好弈。"无怪乎其中有"煮茶论药经，挑灯数棋路"的诗句。

因范仲淹拜访方干故里时结识方干八世孙天圣八年进士方楷，并写诗一首《赠方秀才（楷）》，赞赏他"高尚继先君"的美德，更赞美晚唐诗人方干"幽兰在深处，终日自清芬"的高风亮节。方干后人有感于此，在村中溪畔建有一座"清芬阁"。这座建筑此后成为历代文人前来拜谒方干的最佳场所。从宋至清题咏清芬阁的诗不下百首。宋朝治平年间进士常州人张景修便写有

《清芬阁》一诗：

> 严子钓台畔，犹闻吟啸声。
> 荣华付诸弟，潇洒继先生。
> 自制茶枪嫩，新开酒面清。
> 红尘不抛罢，那得白云名。

　　此诗为我们描画了方干故里白云村方干后裔自得其乐的田园生活，其中"自制茶枪嫩，新开酒面清"两句特别惹人喜爱。

　　宋朝另一位诗人马世珍（一说马仲珍）写有一首五律《游圆通寺》：

> 山空不隐响，一叶落还闻。
> 龙去遗荒井，僧归礼白云。
> 虫丝昏画壁，岚气湿炉熏。
> 睡思浑无奈，茶鸥易策勋。

　　其中尾联"睡思浑无奈，茶鸥易策勋"中的茶鸥乃古时斗茶器具。吟诵这样的诗句，能让人领悟茶禅一味之意境。

　　桐庐境内东汉古迹严子陵钓台吸引了历朝历代无数文人墨客前来凭吊游历。唐朝茶圣陆羽来此品尝泉水之后命名为"天下第十九泉"。宋朝诗人嘉定进士鄞县人陈埙写有《钓台第十九泉》一诗：

十年不泛钓台船，梦想高风日月边。

今日偶然无住著，再尝滩下煮茶泉。

都说好茶须有好水，此诗便是茶与水合一的典范。

另一首写桐庐茶与水密不可分的茶诗是元朝著名诗人萨都剌的《钓台夜兴》：

仙茶旋煮桐江水，坐客遥分石壁灯。

风露满船山月上，夜深独对钓台僧。

由于桐庐是隐逸文化的起源地，而茶的宁静又最适宜于隐居生活，桐庐诗词中也多有反映。元末明初桐庐诗人李仲骧七律《和刘伯温来韵》一诗前四句写道："自爱山中隐者家，杖藜随分踏江沙。岁时野老频分席，朝夕山僧共煮茶。"另一位清朝诗人孙瑞毅在《次学博李养斋九里洲探梅元韵》一诗中有句："何当煮茗来林下，借取山僧木瘿瓢。"都表达了僧人隐居山寺以茶会友的悠闲生活。而明朝诗人严德辉《赠县令愚庵李侯》一诗中的"清泉煮茗坐终日，为欢岂在倾樽罍"句，则说明好友相聚未必一定要举杯畅饮才能寻欢，清茶一杯，整日对坐，也能在清静中体味别样的欢乐。

清朝嘉庆进士苏州人孙岩曾任桐庐知县。离任时满怀深情写了《桐江留别诗》五首，盛赞"我爱桐江好，桐江风俗醇"。其中第二首前四句云："钓台留自昔，土俗到今清。雨借园茶色，潮添水碓声。"你看，这位知县为我们描绘了一幅多么生动的居家田园生活画卷。

历代桐庐诗词是一个宏大的文化宝库。倘若你能泡一杯茶，捧一本诗集静心吟读，不仅能从中品出茶味，更能品出各种韵味。

（载 2016 年第 10 期《茶都》）

桐庐山水诗中的春夏秋冬

桐庐山水，四季如画。因而历代桐庐山水诗中，春夏秋冬，各有所及。当然，入诗最多的，无疑是春秋两季。

由于富春江名称之故，春天自然是入诗最多的季节。春之诗在桐庐山水诗中比比皆是。晚唐著名的桐庐籍诗人方干的名作《思江南》就写于春季：

昨日草枯今日青，羁人又动望乡情。

夜来有梦登归路，不到桐江已及明。

方干家住桐庐芦茨湾，因缺唇貌丑中举不第，寓居鉴湖一带。诗的意思是说时光流逝，冬去春来，枯草又返青变绿了，触动羁旅异地的诗人思乡之情。于是入夜做了一个归乡的美梦，可行程还没到达桐江境内，梦却醒了，天也亮了。此诗极言思乡之切。

写桐庐春天的诗我们最熟悉的，莫过于范仲淹《潇洒桐庐郡十绝》之六：

> 潇洒桐庐郡，春山半是茶。
> 新雷还好事，惊起雨前芽。

这首诗给我们描绘了一幅生机盎然的"春山半茶图"。

而元末明初诗人张以宁的《过桐庐》一诗，我以为是写春天的桐庐最美的一首：

> 江边三月草萋萋，绿树苍烟望欲迷。
> 细雨孤帆春睡起，青山两岸画眉啼。

诗人立足点在停泊于江边的客船中，细雨绵绵的孟春三月，清晨一觉醒来，被两岸远近美景所迷恋：江边绿草茵茵，长势茂盛；绿叶葱葱的树木在白雾茫茫中朦朦胧胧，特别迷人。远处还传来声声悦耳动听的画眉鸟的叫声。读这样的诗，就如同看一幅清新淡雅的水粉画。

写春天江水之美的，又要数清朝纪昀《富春至严陵山水甚佳》中的第二首：

> 浓似春云淡似烟，参差绿到大江边。
> 斜阳流水推篷坐，翠色随人欲上船。

此诗真是把春天的富春江水写活了。

另外，"潮去潮来洲渚春，山花如绣草如茵（唐·许浑《寄桐江隐者》）"，"桐江春水绿如油，两岸青山送客舟（清·袁枚《桐江作》）"等诗句都写尽桐江春意。

与春天相比，夏天入诗相对较少。唐朝诗人戴叔伦的《白云源》是难得的佳作：

> 山遥入修篁，深林蔽日光。
> 夏云生嶂远，瀑布引溪长。
> 秀迹逢皆胜，清芬坐转凉。
> 贪看玉尊月，归路赏前忘。

诗人写他在盛夏时节来到山遥地远的白云源，烈日被修竹茂林所遮蔽，加上瀑布飞溅溪水潺潺，仿佛进入清凉世界。自然流连忘返于秀美风景之中。

另外，方干写原桐庐常乐乡（今横村镇）香山村的《题报恩寺上方》一诗有言："岩溜喷空晴似雨，林萝碍日夏多寒。"写的也是夏日桐庐景色。

桐庐山水诗写秋，我以为不亚于春。中国山水诗鼻祖谢灵运或许就是秋天来桐庐的，因而在他笔下都是秋景。如他在《初往新安至桐庐口》说："既及冷风善，又即秋水驶。"又在《七里濑》开篇云："羁心积秋晨，晨积展游眺。"

桐庐山水诗从此在秋天发端。此后写桐庐秋景之诗就太多了，如唐代诗僧皎然《早秋桐庐思归示道谚上人》言："桐江秋信早，忆在故山时。"又如白居易在《宿桐庐馆同崔存度醉后作》云："夜深醒后愁还在，雨滴梧桐山馆秋。"

另一位唐代著名诗人罗隐还写有《秋日富春江行》一诗，不仅写了秋天桐庐富春山水美景，而且表达了"严陵亦高见，归卧是良图"的见解。

再如南宋著名爱国诗人陆游在《泛富春江》一诗中亦有"秋山断处望渔浦，晓日升时离钓台"句。

元代缪瑜《钓台》诗中又有"桐庐江中秋水清，富春山中秋月明"之句。

清代高辛仲《题戴海槎春江垂钓图》有"桐庐江上秋水生，钓台千仞俯江清"句。

关于秋天桐庐诗最妙的，莫过于清代魏丙庆《寄松生桐庐郡》一诗：

富春山水接桐庐，缩项鳊鱼味最腴。
红树秋江如画里，新诗添拾锦囊无。

这首给朋友的诗写得非常有味。尤其是既称赞了富春江江鲜缩项鳊鱼最为丰腴的美味，又描画了"红树秋江"之如画美景。面对如诗如画的胜境，诗人说已经写不出锦囊佳句了。

写冬天的桐庐山水诗并不多见，却有几首佳作。如宋朝刘克庄《桐庐》一诗别有意境：

> 桐庐道上雪花飞，一客骑驴觅雪诗。
>
> 亦有扁舟蓑笠兴，江行却怕子陵知。

另一首宋朝诗人刘澜的《桐江晓泊》我特别喜欢：

> 风萧萧，冰瑟瑟，淡烟空濛冠朝日。
>
> 滩头枯木如画出，鹦鸽飞来添一笔。

尽管是一个寒冷的冬天之晨，诗人赶了一夜的旅途来到桐江畔泊舟小憩，只见淡烟空濛的江面铺满旭日阳光。滩头光秃秃的树枝仿佛画家一笔笔画出一般，忽见一只八哥鸟飞来停在枝头，又如画家添上一笔。看到这样的风景，我想诗人的心中早已温暖如春了。这首诗的最后一句简直是神来之笔。这样的场景其实我们今天在冬季也常常能看到。

几百年前诗人就用短短的几句诗表达了我们也有的同感。我每读这首诗，脑海里总会浮现一位高手在画一幅沙画的场景，灵动而神奇，赏心又悦目。

（2018 年 3 月）

桐庐山水诗中的晴雨雾雪

　　苏东坡"水光潋滟晴方好，山色空蒙雨亦奇"的诗句，让"晴好雨奇"成了西湖山水的标志，深入人心，传唱至今。而桐庐山水同样如此，晴雨雾雪，各有所奇。

　　晴天好景，总是司空见惯的，因而桐庐山水诗中很少出现带有"晴"字的诗句。然而，无论是中国山水诗鼻祖谢灵运最早的山水诗名句"江山共开旷，云日相照媚（《初往新安至桐庐口》）"，还是清朝诗人刘嗣绾桐庐山水诗金句"一折青山一扇屏，一湾碧水一条琴（《自钱塘至桐庐舟中杂诗》），"应该都是晴天美景。桐庐山水诗中写到的天山共色、水碧山青、山明水嫩、江天极目等意境，想必都是晴日之景。而且往往天朗气清之时，诗人的心情也神怡心旷。下列诗句便是如此："三月暖时花竞发，两溪分处水争流。"（唐·章八元《归桐庐旧居寄严长史》）"潭心倒影时开合，谷口闲云自卷舒。"（唐·韦庄《桐庐县作》）"一山云水拥禅居，万里江流绕屋除。"（宋·朱熹《桐庐舟中见山寺》）"净碧迎窗入，空青拂面匀。"（元·李桓《富春舟中》）"江明野色来，风淡波鳞起。"（明·刘基《九日舟过桐庐》）"远山帆影曲，争石水声高。"（清·梁佩兰《桐庐县》）读着这样的诗句，我总觉得晴空万里般心情舒畅。

晴天往往可以极目远眺，请看清朝胡圣铨《登桐君山》一诗：

> 层峦千仞上仙寰，帆影岚光远近间。
> 非敢自居仁者乐，只知此处静中闲。
> 忽闻鸟语传消息，瞥见云飞任往还。
> 无数元机浑入目，天教看尽富春山。

"无数元机浑入目，天教看尽富春山。"怎能不让诗人对这样的天气啧啧称赞。

另一位清朝诗人许申琼《桐江道中》，是难得的含有"晴"字的桐庐山水诗：

> 一入桐庐境，琳琅石有声。
> 水清真见底，山好不知名。
> 暖日晴江丽，春风客棹轻。
> 勿愁滩阻浅，挂席每兼程。

诗中所见所闻，都是那么明朗清丽。而诗人对旅程也是像晴朗的天气般充满信心。

　　尽管晴日总是多于雨天，然而桐庐山水诗中，"雨"字入诗，比比皆是。诗人眼里的雨中富春江，更是别有滋味。如晚唐桐庐籍著名诗人方干《思桐庐旧居便送鉴上人》有"绿树绕村含细雨，寒潮背郭卷平沙"句；唐朝诗僧贯休《春晚桐江上闲望作》有"沙鸟似云钟外去，汀花如火雨中开"句；元代吴师道《桐江道中》有"唤起江湖若年梦，一帆寒雨听渔歌"句；明朝诗人王祎《桐庐舟中》有"潇洒溪山梦此邦，轻风细雨过桐江"句。

　　雨景尽管迷人，却能让羁旅在外的诗人平添愁思。最典型的有白居易《宿桐庐馆同崔存度醉后作》诗句："夜深醒后愁还在，雨滴梧桐山馆秋。"再如宋朝赵湘"雨余孤岛暝，花落一船横（《桐江晚望》）"等诗句，都表达了诗人"离愁望处生"的心情。

　　桐庐山水诗中还有几首"雨"字入题的雨景诗，写得别有一番风味。清朝著名诗人朱彝尊《桐庐雨泊》：

> 桐江生薄寒，急雨晚淋漉。
> 炊烟起山家，化作云覆屋。
> 居人寂无喧，一气沉岭腹。
> 白鹭忽飞翻，邻我沙际宿。

　　在诗人眼里的雨中桐庐，无论远山近水，还是岸边人家，乃至身边的白鹭，都显得那么可爱。

　　另一位清朝诗人周茂源《雨中溯富春江》一诗则为我们描绘了雨中严子陵钓台的奇景：

烟雨片帆开，凌空望钓台。

龙湫穿石下，鸟道拂云回。

终古沧江色，千山落木衰。

同行惊旅鬓，吟眺独徘徊。

还有一位清朝大名鼎鼎的诗人查慎行有二首桐庐雨诗。其中《雨过桐庐》是首七律：

江势西来弯复弯，乍惊风物异乡关。

百家小聚还成县，三面无城却倚山。

帆影依依枫叶外，滩声汩汩碓床间。

雨蓑烟笠严陵近，惭愧清流照客颜。

查慎行的另一首五律是与朱彝尊的和诗，题为《和竹垞雨泊桐庐限腹字》：

滩声远初喧，山色晚逾绿。

窅窅城上钟，濛濛雨中屋。

平生湖海梦，又近严陵宿。

濯足有烟波，胡为加帝腹。

显而易见，查慎行与周茂源一样，都不巧碰上雨天来到桐庐来到钓台，然而他们丝毫没有心灰意冷，反而盛赞雨中趣味，同时寄托怀古之幽情。

至于雾，在桐庐山水诗中往往和雨同时出现。桐江之雾，如烟似梦。"白鸟烟中没，斜阳雨外明。"（宋·元降《桐江晚景》）"望江亭上望桐江，烟水茫然隔锁窗。"（宋·张伯玉《望江亭见怀》）"桐庐县前橹声紧，苍烟茫茫白鸟双。"（宋·陆游《绝句》）"开舟正下神灵雨，烟雾霏霏总袭予。"（明·汤显祖写瑶琳仙境诗）"江霏山气生白烟，忽如飞雨洒我船。"（元·吴师道《桐庐夜泊》）"舟来细雨桐江上，县在群峰翠霭间。"（清·桂兴宗《泊桐庐县》）等诗句莫不如此，其中的"烟""霭"都是指雾。

写烟雾细雨中的富春江最美的诗，要数元末明初张以宁的《过桐庐》：

> 江边三月草萋萋，绿树苍烟望欲迷。
> 细雨孤帆春睡起，青山两岸画眉啼。

写桐庐雪景之诗，就显得较少了，古时候诗人大概囿于雪天天寒地冻，舟行极寒，陆路艰难，便少有赏雪之举。宋朝刘克庄《桐庐》一诗中"桐庐道上雪花飞，一客骑驴觅雪诗"是难得的雪诗。另一位宋代诗人林景熙《宿七里滩》有"乱山含雪意，孤艇寄枫根"句，显然表明他也是雪天游富春江的。

在浩繁的桐庐山水诗中，我还寻觅到一首南宋中兴四大诗人之一范成大写的雪诗。创作此诗之前，他曾写有一文记叙雪中登钓台的情景，可以为我们理解此诗提供背景："十二月三十日发富阳，雪满千山，江色澄碧。但小霁，风急，甚寒，披使金时所作锦袍，戴毡帽，坐船头纵观，不胜清绝，剡溪夜泛景物，未必过此。除夕宿桐庐。癸巳岁正月一日至钓台，率家人子登台，讲元正礼，谒二先生祠。登绝顶，扫雪坐平台上，诸山皓然，冻云不开，境过清矣。始，予自己卯岁及今奉役，盖三过钓台，薄宦区区如此，岂唯有愧羊裘公。乃刻数字于石虎柱间，而住西江。"从这段文字我们可以想见范成大当年雪中泛富春江登严子陵钓台的情景。一年之后的正月初一，他回忆起雪中钓台，写下《甲午岁朝寓桂林，记去年是日泊桐江，谒严子陵祠，迤逦度岭，感怀赋诗》：

> 去年晓缆解江皋，也把屠苏泛浊醪。
> 一席饱风渔浦阔，千山封雪钓台高。
> 将军老矣鸣孤剑，客子归哉咏大刀。
> 早晚扁舟寻旧路，柂楼吹笛破云涛。

无论是"雪满千山，江色澄碧""诸山皓然，冻云不开"的描写，还是"一席饱风渔浦阔，千山封雪钓台高"的意境，都是雪中胜景在范成大笔下的自然流露。

由此看来，晴雨雾雪各有千秋的美景，为历代诗人创作桐庐山水诗提供了丰富的源泉。

（2018 年 3 月）

◎ 走近诗人诗作

严州行

唐宋以来名宦多，杜刘范陆踪相接。

复有神仙与高士，桐君子陵传简牒。

方干谢翱隐者流，里居墟墓志乘辑。

此地由来名胜区，就我见闻记游篋。

刘禹锡：桐君有篆那知味

桐庐与茶，有着深厚的渊源关系。

茶为国饮，源于何时？唐代茶圣陆羽（733—804）在《茶经》中明确写道："茶之为饮，发乎神农氏，闻于鲁周公。"说明茶的发现与利用，发源于史前的神农时代。

神农氏即炎帝，是中国五千年前发明农业与医药的传说人物。据《神农本草经》载："神农尝百草，一日遇七十二毒，得茶而解之。"

而"闻于鲁周公"的意思，是说到了三千年前的鲁周公，才正式对茶作了文字记载，才让茶传闻于世。

近读刘枫先生主编的《历代茶诗选注》（中央文献出版社2009年3月版），意外发现唐代著名诗人刘禹锡的《西山兰若试茶歌》一诗：

山僧后檐茶数丛，春来映竹抽新茸。

宛然为客振衣起，自傍芳丛摘鹰嘴。

斯须炒成满室香，便酌砌下金沙水。

骤雨松声入鼎来，白云满碗花徘徊。

悠扬喷鼻宿酲散，清峭彻骨烦襟开。

阳崖阴岭各殊气，未若竹下莓苔地。

炎帝虽尝未解煎，桐君有箓那知味。

新芽连拳半未舒，自摘至煎俄顷馀。

木兰沾露香微似，瑶草临波色不如。

僧言灵味宜幽寂，采采翘英为嘉客。

不辞缄封寄郡斋，砖井铜炉损标格。

何况蒙山顾渚春，白泥赤印走风尘。

欲知花乳清泠味，须是眠云跂石人。

其中有如下两句一下子吸住了我的眼球：

炎帝虽尝未解煎，

桐君有箓那知味。

编者在注解中说，"炎帝：神农氏。此句意谓神农氏虽首尝茶叶，但不懂得煎茶。桐君：朝代、姓名均不详，曾结庐于浙江桐庐东山。著有《采药录（箓）》一卷。"（《历代茶诗选注》第23页）

桐君，据《桐庐县志》记载，系"上古黄帝时人，在东山桐树下结庐栖身。人问其名，则指桐以示，因名。"桐君山和桐庐县名也因此而来。桐君一生采药品性，深究医理。后人编成《桐君采药录》，是我国有文字记载以来最早的药物著作之一，被《隋书》《旧唐书》列为典籍。桐君以其对华夏医药的贡献，被尊称为"中药鼻祖"。

桐君是黄帝时人。轩辕黄帝（前 2717—前 2599）是中华民族始祖之一，人文初祖。炎帝神农氏同为中华民族始祖之一，生卒年份不详，但稍早于黄帝。因此我们常说中华民族是炎黄子孙。

根据刘禹锡的诗意，炎帝神农氏虽然首尝茶叶，但还不懂得煎茶饮茶。而桐君不但已经懂得煎茶，而且还把茶叶的知味、功效都记录了下来。

刘禹锡（772—842），字梦得，河南洛阳人。是唐朝时期大臣、文学家、哲学家，有"诗豪"之称。他与柳宗元并称"刘柳"，又与韦应物、白居易合称"三杰"，并与白居易合称"刘白"，留下《陋室铭》《竹枝词》《杨柳枝词》《乌衣巷》等名篇和哲学著作《天论》等。这样一位杰出人物的诗句，无疑具有较高的权威性。

由此看来，陆羽的"闻于鲁周公"，显然把茶叶的文化史推迟了。"桐君有箓那知味。"其实，早在近五千年前，桐君就已经把饮茶传之于世了。

桐君长年结庐于桐庐东山（即今桐君山），采药、制药、研药，记录药理。他对茶叶的煎制饮用与记录传播，是在桐庐完成的。因此，我们可以得出这样的结论，如果说炎帝神农氏是咀嚼品尝茶叶的第一人，那么，黄帝时期隐居桐庐的桐君，则是煎茶饮茶并且记录茶叶味效的第一人。桐君堪称是茶文化的始祖。

如此说来，桐庐是我国茶文化的发祥地，应该是毫无疑问的。

目前，我国茶文化研究与运用方兴未艾。炎帝神农氏各地都在争抢，湖南省甚至借着"炎帝故里"的旗号，提出了"茶为国饮，湖南为先"的口号。那么，我们桐庐完全应该融入大杭州，努力打造"茶为国饮，杭为茶都。潇洒桐庐，饮茶为先"的品牌，做足做透茶文化文章，为桐庐茶产业发展提供人文支撑，并借以提升"潇洒桐庐"的知名度与美誉度。

（此文系《桐庐与茶》系列文章第一篇，原题为《桐庐，我国茶文化的发祥地》，载 2011 年第 5 期《茶都》）

施肩吾：面前一道桐溪流

　　史载茶兴于唐而盛于宋。也就是说茶叶交易是从唐朝时期开始兴旺起来的。

　　而恰恰是在唐朝时，桐庐就已经成为我国茶叶交易的主要集散地之一。除桐庐自古是茶产地之外，更主要的原因，我想是在于桐庐得天独厚的地理条件——一条富春江和一条分水江，它们是两条天然要道，连接起广东、福建、江西、安徽至杭、嘉、湖、绍、甬乃至更远的地方。

　　施肩吾（780—861），字希圣，号东斋，入道后称栖真子。是唐睦州分水县人。唐宪宗元和十五年（820）进士。据载施肩吾在唐德宗建中元年（780），出生于睦州分水县（今属桐庐），少年时在分水五云山读书。如今桐庐县分水高级中学校园内仍立有"唐状元施肩吾读书处"石碑。后其出生地划归新城县（今属杭州市富阳区）。现富阳区洞桥乡建有施肩吾纪念馆。相传施肩吾被钦点为状元，还引发分水、新城（新登）两县县令争抢的故事。施肩吾是杭州地区第一位状元（杭州孔子文化纪念馆语），他是集诗人、道学家、台湾第一个民间开拓者于一身的历史人物。

桐庐和分水两县唐朝时均属睦州所辖。分水人施肩吾自然对邻县桐庐颇有好感，写有多首关于桐庐的诗。施肩吾有一首诗，题为《过桐庐场郑判官》，为我们形象生动地记录了桐庐茶叶交易市场的热闹场景。

全诗如下：

> 荥阳郑君游说余，偶因榷茗来桐庐。
> 幽奇山水引高步，暐煜风光随使车。
> 算缗百万日不虚，吏人丛里唯簿书。
> 眼前横製断犀剑，心中暗转灵蛇珠。
> 有时退公兼退食，一尊长在朱轩侧。
> 胡商大鼻左右趋，赵妾细眉前后直。
> 醉来引客上红楼，面前一道桐溪流。
> 登临山色在掌内，指点霞光随杖头。
> 东郭野人慵栉沐，使将破屦升华屋。
> 数杯酪酊不得归，楼中便盖江云宿。
> 却被江郎湿我衣，赖君借我貂襜归。

诗的开头一联介绍了事情的缘由：郑州（荥阳为郑州古名）的郑判官向我游说，让我陪他一起到桐庐"榷茗"（即榷茶，我

国古时对茶叶实行征税、管制专卖的措施）。接着，施肩吾便真
实记录了商人们在茶叶交易过程中讨价还价甚至尔虞我诈的真实
场景："算缗百万日不虚，吏人丛里唯簿书。眼前横掣断犀剑，
心中暗转灵蛇珠。"

　　更值得注意的是，这些茶叶商人中还有来自西域边陲等地的
商人："胡商大鼻左右趋。"我国古代对北方、西方匈奴等族泛称
"胡"，来自这些民族的东西便称"胡琴""胡桃""胡椒"等等。
这些民族的商人自然称为"胡商"，他们最显著的生理特征便是
大鼻子。

　　唐代桐庐繁华的茶叶交易市场，也催生出茶楼酒肆的繁荣。
又加上桐庐是个交通要道，是官方馆驿的必建之地。这些馆往往
依江而建，因而施肩吾诗中便有"醉来引客上红楼，面前一道桐
溪流"（桐溪即分水江）的诗句。诗中的红楼便是建于分水江边
的一家茶馆。

　　唐代著名诗人白居易有诗题为《宿桐庐馆同崔存度醉后作》，
另一位唐代著名诗人杜牧有诗云："水槛桐庐馆，归舟系石根。"
同样也证明桐庐在唐朝时的繁华。

（原载 2011 年第 5 期《茶都》，题目有改动）

范仲淹《潇洒桐庐郡十绝》
美学价值探析

范仲淹出知睦州（桐庐郡）时，写有两组五言十绝，即《出守桐庐道中十绝》和《潇洒桐庐郡十绝》。

范仲淹写《出守桐庐道中十绝》，可谓一气呵成，酣畅淋漓；而《潇洒桐庐郡十绝》，仿佛横空出世，气势非凡——

潇洒桐庐郡十绝

一

潇洒桐庐郡，乌龙山霭中。

使君无一事，心共白云空。

二

潇洒桐庐郡，开轩即解颜。

劳生一何幸，日日面青山。

三

潇洒桐庐郡，全家长道情。
不闻歌舞事，绕舍石泉声。

四

潇洒桐庐郡，公余午睡浓。
人生安乐处，谁复问千钟。

五

潇洒桐庐郡，家家竹隐泉。
令人思杜牧，无处不潺湲。

六

潇洒桐庐郡，春山半是茶。
新雷还好事，惊起雨前芽。

七

潇洒桐庐郡，千家起画楼。
相呼采莲去，笑上木兰舟。

八

潇洒桐庐郡，清潭百丈余。
钓翁应有道，所得是嘉鱼。

九

潇洒桐庐郡，身闲性亦灵。
降真香一炷，欲老悟黄庭。

十

潇洒桐庐郡，严陵旧钓台。
江山如不胜，光武肯教来。

作为我国古代杰出的文学家，范仲淹的《潇洒桐庐郡十绝》具有无与伦比的美学价值。我认为至少在以下几方面值得一书。

一、独一无二的气势美

《潇洒桐庐郡十绝》这组诗在表现手法上最大的特点就是反复手法的运用。10 首诗每首开头均为"潇洒桐庐郡"，也即 40 句诗有 10 句是完全相同的，如此大胆的写作手法也只有范仲淹这样的文学大家才写得出。然而它又不是简单的重复运用，而是匠心独运。

我们知道，从心理学的角度看人的接受心理程度往往在两种情况下较为强烈，一种是先入为主，如一见钟情便是。另一种即多入为主，三人成虎的典故说的就是这个道理，另外，广告就是典型的多入为主。范仲淹连用 10 句"潇洒桐庐郡"作为每首诗的起句，给人强烈的视觉冲击力，多入为主，深入人心，"潇洒桐庐郡"的印象便深深地刻在读者的脑海之中了。

客观地说，这 10 首诗分开来看每首均显得婉约清丽，然而连在一起，加上"潇洒桐庐郡"的反复出现，却显得气势非凡。这 10 首诗尽管内容各不相同，却是一咏到底，一气呵成，给人势如破竹之感。

在古今中外的文学史上，如此大胆运用反复表现手法的文学作品大概绝无仅有。

二、生动可人的画面美

范仲淹《潇洒桐庐郡十绝》共写了 10 首五言绝句，然而，他为我们展现的何止 10 幅图画，有的一句诗就是一幅画。

《潇洒桐庐郡十绝》至少为我们描绘了如下这些画面：乌龙山霭图、满目青山图、石泉绕舍图、人生安乐图、春山半茶图、家家竹隐图、千家画楼图、清潭钓翁图、进香悟经图、钓台胜景图。

如果说以上图画更侧重于山水场景的话，那么，10 首诗中还有许多人文场景，如"心共白云""开轩解颜""全家道情""公余午睡""新雷惊芽""思念杜牧""相呼采莲""钓得嘉鱼""身闲进香""严光垂钓"等画面。

而且，这一幅幅画面都非常清新自然，生动可人。既有静态的安宁，又有动态的洒脱。尤其像第七首（采莲）简直就是一段赏心悦目的微视频。

正因为有了这些丰富的画面，尽管有 10 句反复出现的诗句，一口气吟来丝毫也没有重复啰唆之感。

三、山水清音的韵律美

范仲淹曾有诗云："何须听丝竹，山水有清音（《留题小隐山书室》）"。《潇洒桐庐郡十绝》大多写的是山水，尽管有几首诗没有直接写声音，却让人仿佛听出其中音韵。虽不及"于无声处听惊雷"，却也是"于无声处有清音"。诗中明写声音的地方当然有很多，如"道情"声、"石泉"声、"惊雷"声、"潺湲"声、"相呼"声、"嘻笑"声，这些声音，大多悦耳动听。

而诗中表现的音韵，更多的需要读者去用心体验。

如"使君无一事，心共白云空"，难道不会让人联想到万籁俱寂中的共鸣；"日日面青山"又怎能不让人联想到鸟鸣蝉噪的幽静；"人生安乐处，谁复问千钟"更有享受人生的感叹；而"钓翁应有道，所得是嘉鱼"则更有收获后的喜悦。这一切，都离不开声音的感悟与体会。

四、曲折迂回的结构美

《潇洒桐庐郡十绝》尽管都是五言绝句，在气势上一咏到底，一气呵成。形式上各为五言绝句，组合在一起字形工整、没有变化。然而，通读整组诗，还是具有精巧的结构美。

范仲淹这十首诗顺序不是随意写来，而是经过精心安排的。它以实景乌龙山起头，又以实景严子陵钓台收尾。而中间8首均为泛指，整组诗远近交融、虚实相间，又开合有度；

曲折迂回，又顺理成章。我曾尝试着将 10 首诗打乱，一气读去便少了原有的韵味，如此看来，这 10 首诗有着其固有的谋篇结构。

这组五言绝句在结构上我认为有着"一折青山一扇屏"的美学效果。第一首是一折，实写乌龙山，并抒写作者开阔高远的心境。这首诗由实到虚，由近到远，放得很开。第二至五首为一折（当然其中又可分为几个小折），几乎全写居家生活的小场景，然而都由小见大，由实到虚，甚至由今及古（思念唐朝的杜牧）。第六至八首为一折，写的是大、中场景，而其中春山、千家、清潭及采茶（虚写）、采莲、钓翁等场景又远近相融、虚实相间。第九首又为一折，这是整组诗中最为虚幻的一首，然而身闲性灵又进香悟经的意味却是回应了第一首"使君无一事，心共白云空"的意境。第十首又是一折，虽实写严子陵钓台，却同样呼应了前面所有的虚实胜景。

五、令人回味的意境美

《潇洒桐庐郡十绝》最美的还是其意境。

首先，他把"潇洒"一词用到了极致。潇洒原意是指清高洒脱、不同凡俗、不受拘束。一般是用于形容人的风度气质与行为神态的。这里用潇洒来形容桐庐郡山水人文景象，显然将其拟人化了，表现出桐庐郡自然与人文和谐相处的一种状态，这种天人合一的意境是最为美妙的。通读整组诗，无不给人留下这样的意境美。

不仅如此，每一首诗都让人意味无穷。

先说第一首，这是整组诗的灵魂。诗中借景抒情，表达了"使君无一事，心共白云空"的潇洒心情。正因为范仲淹怀有这种心情，因而在他眼里，青山、石泉、春茶、嘉鱼、钓台等景物与全家道情、午睡正浓、居家怀古、舟中采莲、进香悟经等事情无一不潇洒。

再说第二首，桐庐郡本来就是一处多山的丘陵地带，奇山异水，天下独绝。仁者乐山，平民百姓又何尝不乐山呢？这首诗将人和山融为一体，身临其境，心中自然潇洒自如。

第三首诗写得极具人情味，是一幅家庭和睦图，充满天伦之乐的幸福与潇洒。诗中所写的居家生活是平淡宁静的，但正是诗人心中想要追求的。

第四首诗实在是以小见大，连公余午睡正浓也能入诗，表明作者的淡泊心境。其实也从侧面反映了桐庐郡环境之美。"人生安乐处，谁复问千钟（谁还再去问有无优厚的俸禄）"，这是何等的潇洒豪迈。

第五首用了一个典故。杜牧乃唐朝诗人，曾任睦州太守。写有《睦州四韵》，其中一首便有"有家皆掩映，无处不潺湲"句，这首诗直接引用"无处不潺湲"，无非表达了人与自然和谐相处融为一体的潇洒心态。

第六首是最为今日桐庐人耳熟能详、脍炙人口的一首诗，几乎人人会背。桐庐历来产好茶，让后人尽情品尝桐庐好茶理所当然。冬去春来，新茶一杯，静心品尝的生活是多么潇洒惬意。

第七首诗写得动静结合，在"千家起画楼"之背景下给我们画了一幅充满动感和生活气息的舟中采莲图。让人产生潇洒快乐的意境。

第八首显然给我们描绘了一幅渔翁垂钓图。在清潭之畔，坐着静心垂钓的老翁，与其说钓翁是在垂钓，还不如说是在钓得休闲生活，这是令人称羡的潇洒悠然境界。

第九首诗本身就给人悠闲空灵的感觉。降真香的丝丝香烟让人心无杂念，在如此宁静安详的环境中，人们自然而然地慢慢感悟到道教《黄庭经》的真谛。这一份潇洒与逍遥是常人难以企及的。

第十首诗写得很高明，诗中巧妙地用反衬手法来极言桐庐江山之胜。短短 20 个字就把富春山水的潇洒胜景、严子陵先生归隐其间的自得其乐和汉光武帝的大度气量一并表达了出来，读来让人怀想严子陵和光武帝的潇洒风范。

《潇洒桐庐郡十绝》每首诗都围绕潇洒二字做文章，穷尽潇洒之意境。

六、积极乐观的人格美

诗言志，言为心声。《潇洒桐庐郡十绝》更美的是其格调境界，让人钦佩范仲淹的人格美。

通读整组诗，无不让人感觉到字里行间洋溢着开朗乐观、安康祥和的气氛。

整组诗在格调境界上既有热爱自然、放飞心灵的洒脱，又有赞美生活、享受人生的潇洒，而且完全是积极向上的。

范仲淹写此诗是在第二次被贬出知睦州（桐庐郡）期间，然而我们从中丝毫看不出其消极遁世之处，所见几乎都是积极潇洒之意。

关于范仲淹笔下的"潇洒"之境界，宋朝大学者王十朋有过精到的阐释，他说："诗言志，公所至以潇洒见于诗章，则胸中之潇洒可知也。……读《桐庐十诗》，至'使君无一事，心共白云空'，则知公之潇洒于一郡矣。（读）'先天下之忧而忧，后天下之乐而乐'之记与万言书，则其正色立朝之风采、仗钺分阃之威名、经世佐王之大略，是皆推胸中潇洒之蕴而见之于为天下国家之大者也。读《严陵祠堂记》，至'先生之风，山高水长'，又知公与子陵虽出处之迹不同，易地则皆然。山高水长，非特子陵之潇洒，亦公之潇洒也。"（《梅溪先生文集》卷26《潇洒斋记》）

这段话中，王十朋将范仲淹的潇洒与"先忧后乐"的范公精神相提并论了，并且从范公"胸中潇洒之蕴"推见出"为天下国家之大者"了。

王十朋因为十分崇敬范仲淹，不仅熟读他的诗文，而且将他在饶州任知州时的郡斋取名为"潇洒斋"。"微斯人，吾谁与归！"范仲淹人格魅力对王十朋的影响可见一斑。

古往今来，以"第一流人物"（朱熹语）范仲淹为楷模的贤人名士不计其数，他们不仅从范仲淹的生平功绩中吸取力量，同样从范仲淹《岳阳楼记》《潇洒桐庐郡十绝》等美文佳诗中汲取营养。潇洒范公，一世之师，"由初迄终，名节无疵"（王安石语），"前不愧于古人，后可师于来哲"（韩琦语），范仲淹人格魅力对后世的影响力将永恒持续。

如此说来，《潇洒桐庐郡十绝》不仅能够让人享受到其气势美、画面美、韵律美、结构美和意境美，更能让人潜移默化地感受范仲淹的人格美。这样的华美诗篇，我们何乐而不常吟长诵。

（本文于 2014 年 10 月在苏州大学举办的第五届中国范仲淹国际学术大会上作交流）

从《潇洒桐庐郡十绝》
看范仲淹的社会观

  《潇洒桐庐郡十绝》是范仲淹出知桐庐郡（即睦州）时写下的一组精品力作。范公十分喜爱睦州地，尽情赞美桐庐郡。正因为这组一咏到底一气呵成，每首均以"潇洒桐庐郡"开头的十首五言绝句，使"潇洒桐庐"美誉流传千年，并与时俱进不断丰富，形成了如今"诗乡画城·潇洒桐庐"的县域与城市品牌。而范公也因此获得"范桐庐"的别名。

  关于这组诗，四年前我在苏州大学举办的第五届中国范仲淹国际学术大会上，作了题为《范仲淹〈潇洒桐庐郡十绝〉美学价值探析》的学术交流，主要就其艺术成就美学价值进行了分析论述。近年来通过对这组五言绝句的思想性、政治性进行深入研究，我发现其实它深切地表达了范仲淹的社会观，实实在在体现了他的社会理想和民本思想。

  下面我从五个方面进行阐释：

一、天人合一的生命观

范仲淹精通《周易》，因而他始终有着天人合一的哲学思想。这一点在这组诗中得到了很好的体现。比如第一首："潇洒桐庐郡，乌龙山霭中。使君无一事，心共白云空。"第九首："潇洒桐庐郡，身闲性亦灵。降真香一炷，欲老悟黄庭。""心共白云空"，岂不就是天人合一的诗意表达。"欲老悟黄庭"意为年将老去就会领悟《黄庭经》的真谛。《黄庭经》是中国道教重要的经典，以"道"为最高信仰。其核心教义之一就是天人合一的生命观。

范仲淹其后在《岳阳楼记》中所言"不以物喜，不以己悲"的人生态度，我以为与这组诗中表达的天人合一的生命观是一脉相承的。

二、自然和美的生态观

范仲淹一贯十分热爱自然，纵情山水，重视生态环境的保护，强调人与自然的和谐共处。他在《出守桐庐道中十绝》中便有"素心爱云水，此日东南行。笑解尘缨处，沧浪无限清"一绝表达对目的地的向往。来到桐庐郡后，多次写信给朋友流露对这里山水环境的喜爱赞赏之情。如"郡之山川""满目奇胜""江山清绝"等语句，都非常直观地表达了他的感受。而《潇洒桐庐郡十绝》几乎通篇都反映了作者对自然的热爱，对人与自然和谐相处的赞美。其中第二首更是浓缩了范仲淹的生态观："潇洒桐庐郡，开轩即解颜。劳生一何幸，日日面青山。"

早在千年之前，范仲淹便十分重视生态宜居之生存环境的建设和发展。在兴化县令任上筑堤捍海，在睦州、苏州、杭州等多地治水防灾，便是他为保护生态，造福一方进行的生动实践。第三首："潇洒桐庐郡，全家长道情。不闻歌舞事，绕舍石泉声。"如此宜居的生态环境和幸福的居家生活，即使在今天，也是令人羡慕的。

三、安居乐业的生活观

范仲淹对自己的生活一向要求不高，知足常乐。然而，为官一任，造福一方，又始终是他的责任担当。睦州那时是蛮荒之地，"二浙之俗，躁而无刚。"面对这样不尽如人意的社会治理现状和生活环境，范仲淹以"敢不尽心，以求疾苦"的责任心，勇于担当，善于治理。他注重以仁义礼训教育人们，在他的治理下，很快便改变了混乱局面："吞夺之害，稍稍而息"。可以说，那时睦州的黎民百姓的生活或许并不十分富裕，但一定是自给自足、安居乐业的。十首诗中对这种美好生活状态有着生动的描写："开轩即解颜""全家长道情""家家竹隐泉""千家起画楼"。让老百姓都过上如此平安祥和的美好生活，我想这一定是范仲淹追求的目标。

然而，范仲淹自己的生活观，则在第四首中明确告诉世人："潇洒桐庐郡，公余午睡浓。人生安乐处，谁复问千钟。"千钟指优厚的俸禄。公务繁忙之余睡上一个安稳酣畅的午觉就心满意足了，可以抛却高官厚禄。表达他毫不追求个人享乐的高尚品行。这是其"先天下之忧而忧，后天下之乐而乐"这一忧乐精神的具体体现。

四、因地制宜的生产观

睦州是一个有山有水的丘陵地带，山多田少。因而因地制宜地发展生产，培植特色产业不仅是当地百姓代代传承的生存之道，也应该是范仲淹十分重视与倡导的为政之道。

俗话说靠山吃山，靠水吃水。《潇洒桐庐郡十绝》中非常明确地写到了茶产业、莲产业和渔业。第六首："潇洒桐庐郡，春山半是茶。新雷还好事，惊起雨前芽。"这是最能表达一地产业兴盛程度的一首诗。睦州不仅唐宋时期盛产茶叶，而且今天原睦州辖地桐庐县、建德市、淳安县依然盛产多款优质名茶。

第七首："潇洒桐庐郡，千家起画楼。相呼采莲去，笑上木兰舟。"这首诗几乎把宜居、宜业乃至宜游都写入了。从中可知莲产业在千年之前就是睦州地区的主要产业之一。至今这一带都盛产莲藕，桐庐县的环溪村和建德市的新叶村甚至还规模种植荷花，不仅成为乡村旅游的亮点，而且还开发出莲花茶、莲叶茶、莲子酒等系列产品。"相呼采莲去，笑上木兰舟。"倘若采莲的不是当地村姑而是外来游人，我们是否可以理解这是乡村体验游的雏形？

第八首："潇洒桐庐郡，清潭百丈余。钓翁应有道，所得是嘉鱼。"从字面看更多的是表达钓翁的休闲生活状态。但我以为从中我们也可以窥见睦州的渔业状况。范仲淹另一首《江上渔者》可作佐证："江上往来人，但爱鲈鱼美。君看一叶舟，出没风波里。"睦州一带新安江富春江渔业资源丰富，渔业自然成为重要产业，至今依然是这一地区传统特色产业之一。

至于其他产业如竹木业等，尽管诗中没有明确提及，但从"日日面青山""家家竹隐泉"的诗句中我们可以做一些合理的推想。

五、人文传承的生息观

一个地方能够生生不息，永续发展，除了自然条件之外，人文因素不可或缺。用今天的话来说，文化兴则区域兴。范仲淹深知这个道理，因而每到一地，他都十分重视教育，弘扬文化。在睦州期间创办了龙山书院，亲自写信邀请著名学者李觏（泰伯）前来担任"讲贯"。在百姓中开展礼义教育。他更是十分重视发挥历史名人和文物古迹的作用。赴任睦州之初，除了盛赞山水风光之外，对这儿人文底蕴深厚同样赞赏有加。写信告诉恩师晏殊此地"有严子陵之钓石，方干之隐茅"。为发挥这些古迹的作用，他派"从事"章岷前往七里濑修建严子陵祠，又绘方干像配祀，并亲撰《桐庐郡严先生祠堂记》，盛赞"先生之风，山高水长"。之所以如此用心，是因为他认为："思其人，咏其风，毅然知肥遁之可尚矣。能使贪夫廉，懦夫立，则是有大功于名教也。"

他又二访晚唐诗人方干故里，拜谒方干旧居，写诗称赞方干诗书传家的良好家风，勉励方干后人"高尚继先君"。

范仲淹对名人名作名胜的重视与弘扬，在《潇洒桐庐郡十绝》中也得到很好的体现。这组诗中明确写到一部经书、二处名胜和三个人物：即一部《黄庭经》，乌龙山、严子陵钓台二处名胜古迹，杜牧、严子陵、光武帝三个历史名人。其他则都是泛写。第十首"潇洒桐庐郡，严陵旧钓台。江山如不胜，光武肯教来"，用浓缩的语言称赞富春山水的潇洒胜景、光武帝的大度气量和严子陵的高风亮节，给他修祠作记的善举做了印证。第五首"潇洒桐庐郡，家家竹隐泉。令人思杜牧，无处不潺湲"中的杜牧曾任睦州刺史，也是唐朝著名诗人，写过《睦州四韵》，"无处不潺湲"是其中一句，范仲淹采取拿来主义直接引用，无非表达对先贤的敬仰与诗风传承之心。这里的杜牧其实已成为一个象征，即不少像杜牧一样在睦州留下佳作的诗人，当然包括"睦州诗派"及其代表人物"谁聚诗书到远孙"的方干。范仲淹希望历代先贤的文脉能够代代传承生生不息。

总而言之，《潇洒桐庐郡十绝》所反映的社会观，涉及方方面面，既有理想愿景，更有客观现实；既有历史传承，更有创新发展。在今天努力实施乡村振兴战略的大背景下，同样有着值得寻味的历史价值和现实意义。

（本文于 2018 年 11 月在第七届中国范仲淹国际学术大会上作主场论坛交流，载 2019 年第 2 期《忧乐天下》季刊）

千年之前范仲淹笔下的美丽乡村

美丽乡村，桐庐先行。

如今的浙江省桐庐县，已然成为我国美丽乡村建设先试先行地。尤其是 2013 年 10 月全国改善人居环境现场会在桐庐县及其环溪、荻浦两村召开之后，桐庐的美丽乡村，名声远扬。

有意思的是，早在千年之前，范仲淹就在诗中描写了这一带的美丽乡村风情。

公元 1034 年，北宋名臣范仲淹从朝廷空降至钱塘江上游富春江、新安江流域的睦州（其时别名桐庐郡）任知州。

出知睦州（桐庐郡）是范仲淹平生第一次在州级地方政府主政，虽然仅仅半年有余的短暂时日，然而正值 46 岁年富力强的范仲淹，却在小试牛刀中大显身手，政绩可圈可点。更为可喜的是，他通过一组五言绝句《潇洒桐庐郡十绝》，为我们描绘了一轴美丽乡村的全景画卷。

　　这组每首均以"潇洒桐庐郡"开头的五言绝句，通过一帧帧生动形象的画面，为我们展现了范仲淹心目中乡村社会的理想状况。其核心要义与价值追求便是"潇洒"，这是一种神形兼备、内外兼修的美丽美好状态。

　　那么，具体而言，范仲淹笔下的美丽乡村是何等模样呢？

一是生态好。

　　千年之前的桐庐郡生态之好，毫无疑问是与生俱来的。可贵的是，在范仲淹笔下，既有绿水青山、蓝天白云的原始生态，也有石泉绕舍、春山半茶的改良生态。

　　"潇洒桐庐郡，开轩即解颜。劳生一何幸，日日面青山。""潇洒桐庐郡，全家长道情。不闻歌舞事，绕舍石泉声。"这样的诗可谓浓缩了范仲淹的生态观。这与今人楹联"青山不墨千秋画，绿水无弦万古琴"，有着异曲同工之妙。

二是生活美。

　　为官一任，造福一方。让老百姓都过上平安幸福的美好生活，一定是睦州最高行政长官范仲淹追求的目标。

　　在范仲淹笔下，乡村风貌和百姓生活是这样的："千家起画楼""家家竹隐泉""全家长道情""开轩即解颜"。我想，惟有这样，他才能做到："潇洒桐庐郡，公余午睡浓。人生安乐处，谁复问千钟。"这是他先忧后乐精神的早期实践。

三是产业旺。

范仲淹在《潇洒桐庐郡十绝》中，明确写到了茶产业、莲产业和渔业。

"潇洒桐庐郡，春山半是茶。新雷还好事，惊起雨前芽。"这首诗便极言那时桐庐郡茶产业之盛。

"相呼采莲去，笑上木兰舟。""钓翁应有道，所得是嘉鱼。"如此诗句，不仅告诉我们这类产业的兴盛，更表达了百姓的惬意生活场景。

四是文化兴。

范仲淹深知文化对于一个地方改变面貌促进发展的重要作用，因而他每到一地都十分重视弘扬文化。《潇洒桐庐郡十绝》便很好地体现了范仲淹对文化的重视。

这组诗中明确写到一部经书、两处名胜和三个人物。即一部《黄庭经》（"降真香一炷，欲老悟黄庭"），乌龙山、严子陵钓台两处名胜古迹（"乌龙山霭中""严陵旧钓台"），杜牧、严子陵、光武帝三位历史名人（"令人思杜牧，无处不潺湲""潇洒桐庐郡，严陵旧钓台。江山如不胜，光武肯教来"）。其他则都是泛写，但字里行间又无不透露出浓浓的文化气息。

范仲淹希望历代先贤的文脉，能够在桐庐郡代代传承生生不息。

五是文明起。

最难能可贵的是，这组诗还十分传神地表达出生活在这幅美丽乡村画卷中的人们的平和心态与良好风尚。在范仲淹笔下，乡村文明在千年之前就已初步兴起。

无论是"日日面青山"时的"开轩即解颜"，还是"全家长道情"时静听"绕舍石泉声"，无论是"相呼采莲去"时的"笑上木兰舟"，抑或"清潭百丈余"之畔"所得是嘉鱼"的钓翁，无不表露出知足常乐、和美潇洒的精神状态。这其实体现了范仲淹一贯重视与倡导的天人合一的人生态度。他将这种思想融入乡村社会的愿景之中。"潇洒桐庐郡，乌龙山霭中。使君无一事，心共白云空。"这样的精神境界，怎能不让人称道。

千年一瞬，世异时移。历史总是螺旋式地向前推进。千百年来，人类始终在不断探索内涵更深、目标更新、要求更高的美丽乡村建设发展。然而，在新时代努力实施乡村振兴战略的大背景下，回头看看千年之前范仲淹描画的美丽乡村全景画卷，我以为也是很有意思的。

（2019 年 8 月）

说说"无处不潺湲"

范仲淹《潇洒桐庐郡十绝》第五首云：

> 潇洒桐庐郡，家家竹隐泉。
> 令人思杜牧，无处不潺湲。

其中"无处不潺湲"，是直接采用拿来主义，引用了杜牧的诗句。

杜牧（803—852），字牧之，号樊川居士。晚唐著名诗人，为别于杜甫人称"小杜"，与李商隐并称"小李杜"。杜牧曾任睦州刺史，写有著名的《睦州四韵》一诗：

> 州在钓台边，溪山实可怜。
> 有家皆掩映，无处不潺湲。
> 好树鸣幽鸟，晴楼入野烟。

> 残春杜陵客，中酒落花前。

一首五言律诗，写尽睦州迷人风光和独特韵味。

范仲淹显然对这位前朝睦州最高行政长官敬重有加，不仅深切怀念杜牧，而且直接引用他的诗句。想来范仲淹对杜牧称赞钓台边的睦州"溪山实可怜"十分认同。如此可爱的溪山，实在让他们流连忘返。那么，才高八斗的范仲淹为什么会那么干脆地抄录杜牧"无处不潺湲"诗句呢？我以为与"潺湲"一词有关。

关于"潺湲"，查《辞海》，解释如下：

潺湲（1）水徐流貌。《楚辞·九歌·湘夫人》："观流水兮潺湲。"（2）水流声。王维《辋川闲居赠裴秀才迪》诗："秋水日潺湲。"（3）流泪貌。《楚辞·九辩》："涕潺湲兮下沾轼。"

由此可知，"潺湲"一词最早见于屈原（约公元前340—公元前278年）的《楚辞》，是形容水流缓慢地流淌的样子。后来王维用它形容水流声。

大概"潺湲"一词是形容流水的形态与声音最为贴切的词语，受到历代文人的推崇。早在杜牧之前，就有很多位诗人在富春江山水诗中使用"潺湲"一词了。

富春江诗词中最早使用"潺湲"的，当然非谢灵运莫属，这位中国山水诗鼻祖在《七里濑》一诗中写道：

石浅水潺湲，

日落山照曜。

从此，"潺湲"成为富春江诗词中使用频率很高的词语。
让我们一起领略诗人们心中的"潺湲"之水吧——

愿以潺湲水，

沾君缨上尘。

（南朝梁·沈约《新安江至清浅深见底贻京邑游好诗》）

水石空潺湲，

松篁尚葱茜。

（唐·洪子舆《严陵祠》）

江水自潺湲，

行人独惆怅。

（唐·刘长卿《奉使新安自桐庐县经严陵钓台宿七里滩下寄
使院诸公》）

潺湲严陵濑，

仿佛如在目。

（唐·刘长卿《严陵钓台送李康成赴江东使》）

高台竟寂寞，

流水空潺湲。

（唐·张谓《读后汉逸人传》）

岂知京洛旧亲友，

梦绕潺湲江上亭。

（唐·许浑《酬邢杜二员外》）

处处云山无尽时，桐庐南望转参差。

舟人莫道新安近，欲上潺湲行自迟。

（唐·严维《发桐庐寄刘员外》）

以上所列，都是中国诗坛早期著名诗人，他们对"潺湲"一词的喜爱可见一斑。中唐前期著名诗人刘长卿，甚至在两首诗中使用"潺湲"。

以上这些诗句中的"潺湲"，我以为既有"水徐流貌"（即水缓慢流淌的样子）之意，又指"水流声"之意。

"潺湲"一词用的最巧的，大概要数孟浩然。唐朝著名山水诗人孟浩然或许对七里濑（严陵濑）一带的山水更加感同身受，在《经七里滩》一诗中同样使用"潺湲"一词。这首诗尽管较长，但值得全录如下：

予奉垂堂诫，千金非所轻。

为多山水乐，频作泛舟行。

五岳追尚子，三湘吊屈平。

湖经洞庭阔，江入新安清。

复闻严陵濑，乃在兹湍路。

叠障数百里，沿洄非一趣。

彩翠相氤氲，别流乱奔注。

钓矶平可坐，苔磴滑难步。

猿饮石下潭，鸟还日边树。

观奇恨来晚，倚棹惜将暮。

挥手弄潺湲，从兹洗尘虑。

　　孟浩然的《宿桐庐江寄广陵旧游》和《宿建德江》两首诗我们耳熟能详，而这首二宿之间的《经七里滩》，或许人们并不太熟。而我以为此诗不可忽视，因为它充分表达了孟浩然对旅游的热爱（"为多山水乐，频作泛舟行"）和对严子陵钓台的赞美（"观奇恨来晚，倚棹惜将暮"）。

　　特别精彩的是，这首诗中的"潺湲"，已经成了名词，即潺缓之水的意思，弄潺湲即弄潺湲之水。如此用法，在其他诗词中十分罕见，不能不佩服孟夫子遣词本领之强。

　　正因为前人如此喜爱"潺湲"一词，杜牧深受感染，于是在诗中自然而然流淌出"潺湲"一词。"州在钓台边，溪山实可怜。有家皆掩映，无处不潺湲。"我以为杜牧笔下的"潺湲"含义已

经得到升华，不仅仅是"水徐流貌"和"水流声"，而是在这水
形水声中，蕴含着欢乐喜悦的心情。如此看来，范仲淹在自己的
诗中，直接"抄袭"杜牧的"无处不潺湲"诗句，也就不足为
奇了。

（2019 年 8 月）

桐庐诗词中的历代名人

古人有诗说得好:"江山也要伟人扶,神化丹青即画图。(清袁枚《谒岳王墓》)"的确,古往今来,桐庐天下独绝的奇山异水吸引着历朝历代无数名士雅士,或在此隐居渔樵,或来此寻诗觅画。留下了许多千古佳话,也留下了许多精美诗画。除了那些诗文作者外,桐庐历代诗词中,也写入不少名人,他们的业绩和佳作,与桐庐山水美美与共,令人共赏共咏。

桐庐诗词中最早的名人当然是被誉为华夏中药鼻祖的桐君。这位山因他而名,人与山共存,连桐庐县名也来自于他在梧桐树下所结茅庐的相传黄帝时代的名人,俨然已经成为桐庐人的精神偶像。桐君的故事,留存在桐庐百姓的口口相传中,留存在历史典籍中,也留存在历代文人的诗文中。元朝诗人俞颐轩《桐君山》一诗:"潇洒桐庐郡,江山景物妍。问君君不语,指木是何年。"写的就是桐君老人指桐为姓的故事。"夺得一江风月处,至今不许别人分。"明朝诗人孙纲的诗句告诉我们,桐君山地处富春江与分水江交汇处，地理位置得天独厚。山也好，人也罢，都夺得了一江风月，至今不允许别人分享。其实，面对悬壶济世的大隐大德之人，还有谁能够分享得去呢?！

桐庐诗词中入诗最多的名人当首推严子陵。因为他，桐庐境内才有了一处流传千古闻名遐迩的山水人文胜境——严子陵钓台。北宋名臣范仲淹知睦州（桐庐郡）时，在钓台修建严先生祠，亲撰不朽名篇《桐庐郡严先生祠堂记》，文末赞歌："云山苍苍，江水泱泱。先生之风，山高水长。"可谓是一首别具一格的山水诗，当然也是一首人文诗。它把山高水长般的先生之风，与富春山水融为一体。严子陵钓台，是中国文人的精神家园。历代文人慕名前来，留下无数咏严子陵和富春山水之诗。从我国山水诗鼻祖谢灵运的"目睹严子濑，想属任公钓（《七里濑》）"到唐代伟大诗人李白的"昭昭严子陵，垂钓沧波间（《古风》）"；从宋代大诗人苏轼的"不作三公，归来钓、桐庐江侧（《满江红》）"，到明朝开国功臣刘基的"不是云台兴帝业，桐江无用一丝风（《严先生祠》）"，历代诗人咏严子陵的诗已被今人选编成多本诗集集中推出。严子陵在古代文人心中的地位可想而知。

入诗最多的另一位桐庐名人是晚唐诗人方干。这位被其好友孙郃誉为"官无一寸禄，名传千万里（《哭元英先生》）"的布衣诗人一直受人推崇。唐代罗隐在《题方干诗》中写他与李频谈论方干诗，直言："顾我论佳句，推君最上流。"范仲淹拜谒方干旧居后，写道："风雅先生旧隐存，子陵台下白云村。唐朝三百年冠盖，谁聚诗书到远孙。"对方干和他对后世影响之深远给予高度评价。清代杭州大才子袁枚在《随园诗话》中收录已故寒士陈浦的七绝："贫归故里生无计，卧病他乡死亦难。放眼古今多少恨，可怜身后识方干。"从此，"身后识方干"作为一条成语流行，并收入《成语词典》，意思是比喻一个人才，生前无人赏识，死后才被重视。由此可见方干在人文史上的影响有多大。目前我已收集从唐代至清代题咏方干的诗百余首，完全可以编一本《历代诗人咏方干》。

其他入诗的桐庐名人还有施肩吾、徐凝、章八元、章孝标、章碣、姚夔、徐舫、汪九龄、袁昶等。唐朝大诗人白居易在建德诗人李频陪同下来到分水拜访徐凝一诗尤为著名，这首题为《凭李睦州访徐凝山人》写得简洁明了："郡守轻诗客，乡人薄钓翁。解怜徐处士，唯有李郎中。"

元代四大家黄公望因《富春山居图》与富春山水结下不解之缘。清朝诗人王修玉来桐庐《泊富春山下》发出"今日已无黄子久，谁人能画富春山"的感叹。上世纪七十年代末八十年代初，桐庐籍著名画家叶浅予先生回应此问，历时三载完成《富春山居新图》。

桐庐因为天下独绝的自然风光、得天独厚的水陆交通和独领风骚的钓台胜境，成为历代诗人涉足最多的县域。我国山水诗鼻祖谢灵运就写有多首桐庐山水诗，因而我曾撰文提出桐庐也是我国山水诗的发祥地之一的观点。而谢灵运所当然成为历代诗人题咏桐庐入诗名人。如唐朝诗人吴融在七律《富春》中有"未必

柳间无谢客，也应花里有秦人"句；明朝刘基《九日舟过桐庐》
一诗中又有"溯湍怀谢公，临濑思严子"的句子。谢客、谢公都
是对谢灵运的尊称。

不仅如此，有的诗人还喜欢在一首诗中写上多位名人。南宋
诗人项安世《桐庐》一诗中就写入了三位名人："山水高长子陵
节，桐庐潇洒范公诗。又吟处士清新句，蝉曳残声过别枝。"（一
说此诗为王十朋作）诗中把不同时代的严子陵、方干、范仲淹放
在一起加以称颂。另一位南宋诗人赵蕃甚至把严子陵祠堂称为严
方范祠，写成《拜严方范祠》一诗，诗中有"往来桐江船，必拜
严子祠""俯诵宛陵句，仰观文正碑"和"但愿如元英，隐居名
能诗"的句子。文正乃范仲淹谥号，文正碑指范公《桐庐郡严先
生祠堂记》碑文。元英则是方干的号，诗句表达了对方干虽布衣
一生，却以诗显的追慕。

更有甚者，清朝嘉兴诗人计楠《严州行》一诗中，竟然写了
八位名人：

> 唐宋以来名宦多，杜刘范陆踪相接。
> 复有神仙与高士，桐君子陵传简牒。
> 方干谢翱隐者流，里居墟墓志乘辑。
> 此地由来名胜区，就我见闻记游屐。

诗中除了写有桐君、严子陵、方干、谢翱四位桐庐大隐之人
外，还写了杜牧、刘长卿、范仲淹、陆游四位都曾写诗盛赞桐庐

的睦州严州名宦。在一首诗中写入八位历史名人，在桐庐诗词中绝无仅有。在题咏全国其他各地的诗词中，大概也极为罕见。

"此地由来名胜区，就我见闻记游箧。"倘若我们能够多了解一点名人与桐庐的故事，多读一些古人写桐庐的诗词，那么，一定会有助于大家更好地融入桐庐，品味桐庐。

（2017 年 11 月）

诗中的桐君

桐君山这个名字的来历，与一个人物有关，那就是桐君。

相传黄帝时期有一位老人，在此结庐而居，采药治病。老人究竟来自何处，姓甚名谁？人们都不得而知。他每每采了草药之后，就在东山上桐树下的茅草庐内，煎药炼丹，研究药理，记录药性。又常常坐在桐树旁，义务为百姓诊病开药。人们问他姓名，老人笑而不答，指指身后那棵桐树，算是回答。于是，人们便尊称他为桐君。这座山的名字就叫桐君山。225 年建县时，为了怀念桐君老人，便用"桐庐"作为县名。从此，桐君老人在桐树下所结之庐，理所当然地成了所有桐庐人的温馨家园。桐君老人，也毫无疑问成为桐庐人的精神偶像。

千百年来，桐君的故事，流传在桐庐民间的口口相传中，流传在历史文献典籍中，更流传在历代文人的诗文中。

在历朝历代的文人眼中，桐君无疑是一个谜一样的仙人般人物。对于这位桐庐历史上最大的隐者，人们赞赏有加。

"唐宋八大家"之一的苏辙（1039—1112，字子由，与父苏洵、兄苏轼合称"三苏"），曾顺流而下游富春江，本欲登钓台谒严先生祠，却因舟人临夜开船，等他一觉醒来，至天明已到桐庐县城。于是有感而发写下《舟过严陵滩将谒祠登台舟人夜解及明已远至桐庐望桐君山寺缥缈可爱遂以小舟游之二绝》，长长的题目便交代了行程和游桐君山经历。

其一：

> 扁舟匆草出山来，惭愧严公旧钓台。
> 舟子未应知此恨，梦中飞楫定谁催。

其二：

> 严公钓濑不容看，犹喜桐君有故山。
> 多病未须寻药录，从今学取衲僧闲。

尽管诗中说有病也不必找寻采药录，只要学和尚身闲性灵，自然会病除体健，但从中可知，《桐君采药录》显然是一部颇有名气的著作。

关于桐君老人和桐君山，最著名的诗莫过于元代俞颐轩刻于桐君山石壁的此诗：

> 潇洒桐庐郡，江山景物妍。

问君君不语，指木是何年。

此诗反映了桐君指桐为姓、隐姓埋名的高尚品行。此后有多首诗作都表达了类似的题材。如明朝同样刻于桐君山摩崖的孙纲诗：

以桐为姓以庐名，世世代代是隐君。
夺得一江风月处，至今不许别人分。

清朝著名诗人查慎行《题桐君山》一诗，更是以严子陵尚留姓氏在人间反衬桐君一心为民毫不留名的高尚情操——

何年栖隐此高山，寂寂孤桐照自闲。
漫说狂奴垂钓处，尚留姓氏在人间。

的确，桐君何姓何名？生卒于何年何月？从何来又何往？人们一概不知。桐君，是一个最大的隐者。

然而，隐去的是姓名与生平，隐不去的是他悬壶济世的功德，是人们对他的怀念与纪念。

尽管桐君所在的年代尚未发明文字，但桐君想必已经用他特有的方式研究记录各种中草药的性味。元末明初桐庐大才子徐舫（1299—1366，字方舟，号沧江散人）专门写有《桐君》一诗盛赞这位华夏中药鼻祖：

古昔有桐君，结庐憩桐木。

问姓即指桐，采药秘仙箓。

黄唐盛礼乐，葛云遁空谷。

接迹许由俦，旷志狎麋鹿。

薜叶为制衣，松苓聊自服。

山中谅不死，时有飞来鹤。

予欲访仙踪，云深不可躅。

徐舫笔下的"采药秘仙箓"，便是指典籍中记载的后人撰录的《桐君采药录》一书。桐君，毫无争议地被尊称为华夏中药鼻祖。

唐朝著名诗人刘禹锡有诗句更是明证："炎帝虽尝未解煎，桐君有箓那知味。"诗的意思是说，炎帝神农氏虽然咬嚼初尝发现了茶叶，但他还不懂得煎煮。桐君不仅开始煎煮茶叶，而且还在采药箓里记录了茶叶的味性与功效。从咬嚼初尝到煎煮品尝，对茶叶的使用享用几乎有了革命性的突破。茶叶与水的结合是桐君的首创。茶汤的问世，使茶从最早的药用走向了日常的饮用。由此可见，如果说炎帝神农氏是茶祖，那么，桐君便是茶文化之始祖。桐庐乃至富春江流域堪称是中国茶文化的发祥地。这也为杭州市近年来着力打造的"茶为国饮，杭为茶都"品牌，提供了厚实的历史人文支撑。

其实，从刘禹锡开始，古人早就把桐君看作是知茶懂茶的第一人。清朝"西泠八家"之一的陈鸿寿（1768—1822）便是如此。这位自号曼生的钱塘才子一生嗜茶，并且擅长制作紫砂壶，人称"曼生壶"，壶上此句流传甚广：

> 煮白石，
>
> 泛绿云，
>
> 一瓢细酌邀桐君。

白石乃一款绿茶的名称，其名既与仙人有关，更与文人相关。"南山仙人何所食？夜夜山中煮白石。世人唤作白石仙，一生费齿不费钱。"

这是南宋著名词人姜夔一首古歌中的句子。姜夔（1155—1221），字尧章，号白石道人。这位白石道人喜饮茶，这一爱好似乎传染给"元四家"之一的倪瓒，他在作画之余喜饮绿茶，并将其命名为"清泉白石茶"。无怪乎陈曼生会写下"煮白石，泛绿云"的句子。

"一瓢细酌邀桐君。"陈曼生细酌的这一瓢，当然是茶。那么，他为何会"邀桐君"呢？显然，在他眼里，桐君是最知茶懂茶之人，是他的茶中知己。正因为桐君，他才能在制作精美紫砂壶的同时，写出如此精妙的诗句。

由于桐君悬壶济世的品行，自然成为桐庐人的精神偶像，桐君山又理所当然是桐庐人心中的圣山。清朝光绪年间的桐庐才子邢镜祥《登桐君山》一诗，就较为全面地阐释了桐君—桐君山—

桐庐之间的渊源和自己登桐君山的心情：

> 桐江之水本澄清，桐庐之山更嶙峥。
> 昔有异人来采药，指桐为姓传其名。
> 桐君占住桐君山，桐庐桐君不等闲。
> 此山得君重千古，此君得山超尘寰。
> 我辈来此一登临，豁其眼界爽其心。

邢镜祥此诗写得很清新明快，对桐庐的热爱和对桐君的景仰之情跃然纸上。"我辈来此一登临，豁其眼界爽其心。"如今我们登桐君山，这样的体会，应该也有。

（2018 年 5 月）

走近方干的世界

一

唐朝真是一个诗的世界、诗的国度。人们用浩如烟海来比喻唐诗之多实在是太贴切了。那么，所有的诗句无疑是滴滴海水，而其中那些脍炙人口的名诗名句又无疑是朵朵浪花。

唐诗中让人怦然心动、念念不忘的诗句实在多了去了，多得让人眼花缭乱，以至于许多精彩的浪花常常被淹没其中。

"眼界无穷世界宽"，这便是一句唐诗。可它却并不太为人所知。然而，当我第一次读到这句诗的时候，我惊叹于如此现代而又富含哲理的诗句居然是出自一位千年之前的诗人笔下！

这位诗人，名叫方干，是晚唐时期的一位杰出诗人。30 年前我读大学的时候，曾经对他有所涉猎，但真正对他了解与熟悉，还是 3 年前我写《范仲淹与潇洒桐庐》一书之时。最近，"方干故里"芦茨村老年协会的一帮人前来找我，希望我能为弘扬方干文化出点力，并说他们有意在村里重建清芬阁。这一设想，让我大喜过望。于是，我又重新捧起了木刻版的复印本《唐元英先生诗集》，试图通过方干的诗句走进方干的世界。

二

作为唐朝诗人来说，方干其实是生不逢时的。他大概生于公元 809 年，正是唐朝晚期，唐诗早已过了鼎盛时期，但方干和他同时代的其他一大批诗人如杜牧、李商隐、温庭筠、贾岛、罗隐、吴融、喻凫、杜荀鹤、韦庄、李频、皎然、贯休等等，不甘落寞，依然不屈不挠地创造了唐诗晚年不晚的辉煌。

方干究竟是何处人氏？历来说法不一，现今的辞书、网络有说他是建德人（因为错把睦州当建德，睦州当时辖建德、寿昌、淳安、遂安、桐庐、分水六县，州治所在地在建德梅城），也有说他是淳安人，其实都是似是而非。方干的忘年交唐朝诗人孙郃在《元英先生传》中说："元英先生新定人也。""新定郡"是睦州的别称之一，而"新定"又曾是淳安的旧名，因而说方干是睦州人没错，但说他是淳安人就不甚确切了。元朝人辛文房所撰《唐才子传》"方干篇"开篇就说："干，字雄飞，桐庐人。"十分确切。方干的祖籍的确是睦州青溪（今浙江淳安），但其父辈已迁居睦州桐庐富春江畔的白云源鸬鹚湾。

鸬鹚湾位于严子陵钓台的东对岸，山环水抱，景色清绝，常常白云徐生，因而又叫白云源，村名白云村。方干在此度过了童年与少年时代，他对家乡有着深深的眷恋，他有多首诗表达了对于家乡的热爱，其中一首《题家景》写道：

> 吾家钓台畔，烟霞七里滩。
> 庭接栖猿树，岩飞浴鹤泉。
> 野渡波摇月，山城雨罢钟。
> 严光爱此景，尔我一般同。

诗的开头用"钓台畔""七里滩"点明了"吾家"所处的地理位置。中间二联是写景，写得清新脱俗，是方干写景诗中的名句。而诗的末尾又分明流露出与严子陵共享家乡美景的得意与自豪。

在《方著作画竹》一诗中，也有"吾家钓台畔，似此两三茎"的诗句。

他在另一首《项洙处士画水墨钓台》中又有如下诗句："我家曾寄双台下，往往开图尽日看。"双台即严子陵钓台的东台与西台，这一诗句又明确指明了他的家乡的方位。

方干还写有一首《思江南》七绝：

> 昨日草枯今日青，羁人又动望乡情。
> 夜来有梦登归路，不到桐江已及明。

方干的这首《思江南》主题其实就是"思家乡"，而他所思念的家乡就在桐庐富春江边的鸬鹚湾。诗的意思是说时光流逝，冬去春来，枯草又变青变绿了。离别家乡多年的羁旅之人又萌动了望乡之情。于是入夜之后便做了一个归乡的美梦，然而，行程还没有到达桐江（富春江在桐庐境内的别称），梦却醒了，天也亮了。

这首诗尽管只有短短的 28 个字，却极言思乡之情之切。因而此诗在网上也受到今天读者的喜爱。但是"望乡"变成了"故乡"，显然少了一份期盼。"桐江"有的版本则直言"桐庐"，尽管更能说明方干是桐庐人，但方干用桐江指代家乡桐庐词意已至。方干的这首思乡曲，我们桐庐人理应熟读之。

三

方干自幼十分聪慧，但又相当顽皮。他有缺唇的缺陷，有的说是天生的，那真是命运对他的不公。也有传说是他幼时嬉水，偶得佳句后兴奋地跳将起来，不料脚下一滑跌入鸬鹚湾里，嘴唇被岩石划破了，从此成了缺唇先生。这样的乐极生悲至少还赋予他一些积极的意义，但我怀疑是小说家的杜撰。

方干本来就出生于书香门第，他的父亲方肃曾举进士，也擅作诗，桐庐当时的名人章八元便把女儿嫁给了方肃。有章八元这样的外祖父实在是方干之幸，方干从小就深得外祖父的喜欢。章八元是睦州桐庐县常乐乡（今横村镇香山村）人，是唐大历六年进士，工于诗，人称"章才子"。章八元祖孙三代都是进士，人称"三章"，儿子章孝标是唐元和进士，孙子章碣是唐乾符进士，方干写有《赠进士章碣》一诗送给这位表弟。方干还拜徐凝为师。徐凝是唐朝睦州分水县柏山（今桐庐县分水镇柏山村）人，当时以诗与书法著称于世，他写的牡丹诗大受白居易赞赏。前些年我去洛阳参观全国隶书展暨牡丹节，宣传品中所印的一首唐诗《牡丹》正是徐凝的作品，很让我们平添了几分自豪感，保尔兄回来后即写了一篇文章撰述此事。徐凝对方干大为器重，欣然收为弟子，授以诗律。名师出高徒，方干诗才大有长进自然在情理之中了。

关于方干的出众诗才，还有一个故事值得一书。方干年轻时与几位同道一起去拜访钱塘太守姚合，这位姚太守以貌取人，见方干缺唇貌丑，颇为轻视，把他排在最后一个。等他阅过方干诗作，大为惊叹，打发走了其他几位来访者，单独留下方干，以客礼款待方干，"馆之数日"，并且"凡有登山临水、优游赏景之举，无不携之同往"。这个故事与白居易拜师的故事如出一辙。

四

然而，命运对于方干是不公平的。这样一位才子竟然怀才不遇，而且其不遇并非机遇或性格的因素，完全是因为外貌的缺陷。

机会对于方干来说应该是存在的，因为唐朝的科举制度到晚唐时已相对成熟。唐朝宝历年间，方干赴京赶考，虽然成绩优异也未能及第。原因竟在有司（即主考官）奏议："干虽有才，但科名不可与缺唇之人，不使四夷闻之谓中原鲜人士矣。"意思是说:"方干虽有才华,但科名不可以授给缺唇的人,这样才能不让周围的蛮夷之人听说后认为我们中原缺少人才啊。"这最后一句话实在是很有杀伤力的。朝廷自然采纳了这一混帐奏议。

伤心而又无奈的方干觉得无颜回桐庐鸬鹚湾见父老乡亲,于是他便隐居于会稽鉴湖。方干究竟何时隐居鉴湖我们不得而知,但宋朝何光远所撰《鉴戒录》却说方干"连应十余举"不中,"遂归镜湖"。"十余举"可能有点夸张,但努力了十余年或许是事实,因为方干有诗为证"寸心似火频求荐,两鬓如霜始息机"(《出山寄苏从事》)。隐居之后的方干并非独处一室,与世隔绝。《唐才子传·方干》描述他在鉴湖中时:"湖北有茅斋,湖西有松岛,每风清月明,携稚子邻叟,轻棹往返,甚惬素心。所住水木幽閴,一草一花,俱能留客。"从这段文字看得出,方干的隐居生活是非常惬意的。方干还收有诗徒,睦州老乡寿昌人李频就曾拜方干为师,后来李频考中进士,方干的好友贯休(一说清越)写诗赠方干调侃他:"弟子已得桂,先生犹灌园。"得桂即折桂,指科举及第;灌园即指隐居。方干对于弟子青出于蓝而胜于蓝一定会表露出欣喜与得意,但我料想他的内心世界一定是充满遗憾的。和中国历代读书人一样,方干其实也满怀一颗济世之心。

五

方干对于自己的命运是有过抗争的。据记载,方干曾经补过唇,人称"补唇先生"。要知道,在千年之前的唐朝,外科医术的水平显然不能与今天同日而语，方干做补唇手术要承受多大的痛苦呀。但为了自己的前途，他也只能豁出去了。但显然这样的生理弥补也没能弥补他仕途的遗憾。

和大多数聪明的孩子一样，方干自幼也调皮捣蛋，"性喜凌侮"。但成年之后性格大变，他有一个绰号叫"方三拜"，是说他"每见人设三拜，曰礼数有三，时人呼为'方三拜'"。我想方干这样做的目的是希望得到贵人的赏识，也是他力图改变命运的一种尝试。

为了寻求仕途的发展，方干还努力结识达官贵人。《唐才子传》记载："干早岁偕计，往来两京，公卿好事者争延纳，名竟不入手，遂归，无复荣辱之念。"从中可见方干年轻时在长安、洛阳两京间多次游走于达官公卿间，也得到他们的多次举荐，或许由于生理缺陷的影响，他的仕途始终没有一点转机。这样一位满怀入世理想的才子只能选择出世了。

即便方干在隐居之后，也广交朋友，依然怀抱仕进的憧憬。其中对他帮助最大的可能要算浙东廉访使王龟了，王龟了解方干为人耿直，又有才气后，便向朝廷推荐他去谏署任职，但后因王龟突然病故，事终未成。

方干的仕途彻底无望了。他便安心做一名处士，潜心做一个诗人。处士即指有才德而隐居不仕的人。

六

方干的余生，几乎都投入到了对诗艺的追求之中。他在一首赠友人的诗中前几句便是他对诗歌孜孜不倦追求的写照："志业不得力，到今犹苦吟。吟成五字句，用破一生心。"（《赠钱塘路明府》）诗中分明流露出他对怀才不遇的无奈和一生苦吟的执着。

　　方干面对自己因生理缺陷带来的不幸命运没有自暴自弃，而是把功夫都花在吟诗上，实在是明智之举，因为我们今天熟知的古代诗人其实绝大多数都是官员，但他们留名于今靠的不是官位，而是诗文。即便唐诗已过了鼎盛时期，但由于方干的努力，他的诗渐渐得到了后人的肯定，晚唐进士仙居人孙郃在《元英先生传》中评价方干诗才"江之南未有及者"。唐朝另一位文学家王赞称誉方干："吴越故多诗人，未有新定方干擅名于杭越，流声于京洛。"明代著名诗评家胡震亨更赞："方干为诗炼句，字字无失。"方干去世之后，门人私谥为"元英先生"并收集了他的诗作370余首编成《元英先生集》10卷。《全唐诗》收录其诗348首，编为10卷，连《四库全书》也收录方干诗8卷，流行于世。

　　唐朝末年光化年间，经左补阙韦庄奏请，朝廷追赐方干为进士出身，又经宰相张文蔚奏请，追封方干为左拾遗。方干的一生，也算是有了圆满的结局。

七

　　方干是唐朝"睦州诗派"的代表人物。"睦州诗派"大多以写山水田园诗为主，多写景和赠别之作，诗风清丽明快。方干的诗便具有这样的特点，他的诗既有如"鸟自树梢随果落，人从窗外卸帆过"（《题桐庐谢逸人江居》）的细腻与过目难忘，又有如"鹤盘远势投孤屿，蝉曳残声过别枝"（《旅次洋州寓居郝氏林亭》）的气势与别出心裁，更有"眼界无穷世界宽"这样的大气与惊人之语。

眼界无穷世界宽，出自《题报恩寺上方》一诗，这首诗是这样的：

> 来来先上上方看，眼界无穷世界宽。
> 岩溜喷空晴似雨，林萝碍日夏多寒。
> 众山迢递皆相叠，一路高低不记盘。
> 清峭关心惜归去，他时梦到亦难拼。

报恩寺位于桐庐香山村，正是方干的外公家所在地，方干显然常来此地，而且每次都要来到报恩寺登临顶层的上方室。"来来先上上方看，眼界无穷世界宽。"意思是说我每次来到报恩寺都要先登上寺顶的上方室，登高望远，眼界非常宽广视野无限阔大，心境豁然开朗，自然觉得世界如此宽阔。开首两句诗就奠定了此诗的基调，既反映了诗人惊喜的心情，又袒露了诗人宽广的胸怀。如果方干没有积极的人生态度和向上的心态，我想他是写不出这样气势宏大而又发人深思的诗句的。

诗的中间两联是写景，撷取了四个最具美感的镜头——悬岩飞瀑、林萝绿荫、群峰迢递、山路盘旋，艺术地再现了在报恩寺上方所见的无限风光，读来令人神怡心旷。

诗的结尾是说这里的美景（"清峭"即总括前两联所写景物）虽久久地萦绕在心头，可惜眼下就要归去了，真有些留恋不舍，今日一别，何时还能重游呢？将来在梦中重游此地恐怕也要难舍难分呀！全诗在无限的依恋中结束，令人回味无穷。

这首诗立意高远，意境深邃，情境交融，语句精辟，很好地体现了方干诗歌的特点，实在是方干七律诗中的佳作。

八

方干尽管未中进士，但他的智商与知识非一般进士所能及。方干尽管仕途不畅，但他的人生态度与境界已远超某些庸官。或许由于基因的遗传和人格的影响，方干后裔人才辈出，仅宋朝一代芦茨一村就出了十八位进士，而方干后裔在仙居、永康等地也有多位进士涌现。这一现象引起了北宋大文豪范仲淹的兴趣，他在方干故里拜访方干旧居后发出了如下感叹：

> 风雅先生旧隐存，子陵台下白云村。
> 唐朝三百年冠盖，谁聚诗书到远孙。
>
> （《留题方干处士旧居》）

应该说，范仲淹对方干及其后裔的评价相当高：即便唐朝三百年历史中名家灿若群星，但能把耕读传家的优良风气留传到远孙后代的大概仅方干一脉吧！

范仲淹初访方干故里时，恰逢方干八世孙方楷中进士后荣归故里，范仲淹应邀写了一首五律赠送给方楷：

> 高尚继先君，岩居与俗分。
>
> 有泉皆漱石，无地不生云。
>
> 邻里多垂钓，儿孙半属文。
>
> 幽兰在深处，终日自清芬。

（《赠方秀才楷》）

"幽兰在深处，终日自清芬。"这是范仲淹对方干人格魅力的高度评价。方干后人有感于此，在村里溪口修建了一座清芬阁，从宋朝到清朝的千百年时间里，这座清芬阁不仅是方干故里族人缅怀方干的绝佳去处，也是外地人慕名而来崇拜方干的重要平台。最近建德政协出版的文史资料《严州诗词》中仅以《题清芬阁》为题的诗便收录了几十首，历代诗人吟咏方干的诗共收入近百首，让我惊叹于方干在后人心目中的形象与地位竟有如此之高。在芦茨村里重修清芬阁，实在是太有必要了。

九

历史的长河奔流不息。方干的世界已与我们阔别千年，方干也已渐渐湮没在历史长河之中。对方干越了解，我越遗憾如今我们对于方干的冷落与忽略，在各地争抢文化名人的今天，我们放着方干这样的文化名人不好好地宣传，着实可惜。前些年芦茨村在风情小镇建设过程中对于方干已略有涉及，村口牌坊便是一例，但力度显然远远不够。在打造人文桐庐建设文化强县的今天，我们用心做好方干文章，打好方干故里牌我想时机应该是到了。

愿风雅长存。盼清芬自来。

（2012 年 8 月）

宋朝有个"范桐庐"

千年之前的北宋出了位杰出人物范仲淹（989—1052），他那"先天下之忧而忧，后天下之乐而乐"的名言流传千古，至今仍熠熠生辉。范仲淹，字希文，谥文正公。他在当时却有一个别号叫"范桐庐"，是和他同时代的另一位大诗人梅尧臣送给他的。古代往往以名人的籍贯或出生地来别称其人，如韩愈籍贯昌黎，便称之为昌黎先生，柳宗元出生河东，又叫他柳河东。而范仲淹乃苏州吴县人，出生在河北正定，他一生求学为官足迹遍及数十处州郡，却独独享有"范桐庐"的别称，而他在桐庐才逗留了极短时日，这是为何？我想原因只有一个，那就是他对桐庐爱得太深。范仲淹因为桐庐而有了"范桐庐"的别名，桐庐也因为范仲淹而有了"潇洒桐庐"的美誉。

范仲淹学问深厚，为人耿直，仕途却不平坦，虽曾官至参知政事（副宰相），却曾经四起四落。景祐元年（1034），时年46

岁的范仲淹官居右司谏，却因极言"郭后无故不可废"触怒宋仁宗赵祯皇帝而贬守睦州，这是他第二次被贬。睦州辖建德、寿昌、淳化、遂安、桐庐、分水六县，尽管州府所在地在今之梅城，但当时睦州别名桐庐郡，因而很多史书都有范仲淹"被谪守桐庐"之说，范仲淹本人也有《出守桐庐道中十绝》等诗，并且多次使用桐庐这一地名。可见桐庐在当时有着较大的地位与名声。范仲淹于当年春正月离开京师开封，经 3000 余里水路长途跋涉，于 4 月中旬才到达桐庐郡。或许因为受前人诗文影响，范仲淹对睦州（桐庐郡）山水充满憧憬，虽然被贬，心情却并不颓废，反而一路诗兴大发，相继写下《谪守睦州作》一首，《赴桐庐郡淮上遇风三首》和《出守桐庐道中十绝》等诗作。其中《出守桐庐道中十绝》在表现手法上采用顶真的艺术形式，即下一首诗的开头一二字承接上一首诗的末尾句中一二字，因而整组诗给人一气呵成、通畅淋漓的感觉。而整组诗在内容意境上也是随着目的地的临近而渐渐开阔开朗起来。在此敬录最后三首与大家共赏：

素心爱云水，此日东南行。
笑解尘缨处，沧浪无限清。

沧浪清可爱，白鸟鉴中飞。
不信有京洛，风尘化客衣。

> 风尘日已远，郡枕子陵溪。
>
> 始见神龟乐，优优尾在泥。

　　来到桐庐郡之后，这一带的自然风光与人文风情简直出乎范仲淹的想象，使他如鱼得水，喜不自禁。他在写给恩师晏殊的信中说："郡之山川"，"满目奇胜"。"且有章、阮二从事，俱富文能琴，凤宵为会，迭唱交和"。"其为郡之乐有如此者，于君亲之恩，知己之赐，宜何报焉！"他把被贬睦州、出守桐庐，看成了皇上和朋友对他的恩赐。

　　睦州（桐庐郡）毕竟是一个小地方。区区公务对范仲淹来说真是小菜一碟，但他仍以"敢不尽心，以求疾苦"的责任心投入到公务之中，不久就初见成效："吞夺之害，稍稍而息。"于是，他在公务之余和幕僚一起游乌龙山，登承天寺竹阁，谒严子陵钓台，访方干故里，徜徉在明山秀水之间，相继写下《游乌龙山寺》《江干闲望》《和章岷推官同登承天寺竹阁》等诗作。其中一首七绝的题目和纪年记录了他的一次赏画经历：《桐庐方正父家藏唐翰林画白芍药予来领郡事因获一见感叹久之题 28 字（景祐元年十月七日）》。除此之外，他还经常邀请朋友来公署喝酒斗茶，其乐融融。《桐庐郡斋书事》一诗中的两句最能说明他的这种自得其乐的心情："杯中好物闲宜进，林下幽人静可邀。"在桐庐郡的这段经历让范仲淹乐不思蜀，以至于他在移守苏州后感叹于姑苏之繁华与繁忙，在给朋友的和诗中写道："不似桐庐人事少，子陵台畔乐无涯。"（《依韵酬

府判官庞醇之见寄》）

当然，范仲淹在睦州（桐庐郡）期间也做了不少好事实事，除了兴办学堂之外，最有影响的就是重修严先生祠堂了。严子陵钓台位于睦州州府所在地的下游，桐庐县境内之上游，是东汉高士严子陵归隐垂钓之所。或许由于被贬之经历让范仲淹对严子陵更生敬仰之心，因此他除了在多首诗文中写到钓台外，还专门写了一首《钓台诗》：

> 汉包六合网英豪，一个冥鸿惜羽毛。
>
> 世祖功臣三十六，云台争似钓台高。

来到桐庐郡不久，一项宏大计划就在范仲淹脑海中闪现，这就是重修严先生祠堂。于是他就派从事章岷前往主持重修事宜。范仲淹在一首诗的题记中写道："某景祐初典桐庐，郡有七里濑，子陵之钓台在。而乃以从事章岷往构堂而祠之，召会稽僧悦躬图其像于堂。"未及修完祠堂，范仲淹就应召移守苏州，其间他写下著名的《桐庐郡严先生祠堂记》，为使这篇记文能与祠堂相得益彰，范仲淹写信给当时的书法大家邵餗先生求字，恳切之心，溢于言表："既抵桐庐郡，郡有严陵钓台，思其人，咏其风，毅然知肥遁之可尚矣。能使贪夫廉，懦夫立，则是有大功于名教也。构堂而祠之，又为之记，聊以辨严子之心，决千古之疑。又念非托之以奇人，则不足传之后世。今先生篆高四海，或能枉神笔于片石，则严子之风，复千百年未泯，其高尚之为教也，亦大矣哉!"

严先生祠堂尽管在历史上多次被毁,但范仲淹那篇著名的《严先生祠堂记》却流传千古,广为称道。只是后人在收入《古文观止》时将原题《桐庐郡严先生祠堂记》改成了《严先生祠堂记》,否则桐庐郡的名声一定会更响。

范仲淹的《桐庐郡严先生祠堂记》仅仅 230 余字,却字字珠玑,句句精辟。尤以结尾四句最为著名:"云山苍苍,江水泱泱,先生之风,山高水长。"山高水长的不只是严先生之风,又何尝不是范文正公之风呢!

范仲淹在桐庐期间另一件较有影响的事就是二访方干故里。唐朝诗人方干故里在钓台对面的白云源,也叫鸬鹚源,即现在的芦茨村。范仲淹游钓台时见"东岩绝壁,白云徐生",听人说是"方干处士之旧隐,遂访焉"。其时正好方干的裔孙方楷考中进士而归,应方楷之请求范仲淹写了两首诗,一首《留题方干处士旧居》:

> 风雅先生旧隐存,子陵台下白云村。
> 唐朝三百年冠盖,谁聚诗书到远孙。

另一首即《赠方秀才(楷)》:

> 高尚继先君,岩居与俗分。
> 有泉皆漱石,无地不生云。

> 邻里多垂钓，儿孙半属文。
>
> 幽兰在深处，终日自清芬。

范仲淹还在严先生祠堂的东壁请人画了方干处士像，以表达他对这位唐朝诗人的景仰。

范仲淹再次访方干故里是他移守苏州时，这一次他不仅重访，而且借宿一晚。他后来在和章岷赠诗中这样写道：

> 姑苏从古号繁华，却恋岩边与水涯。
>
> 重入白云寻钓濑，更随明月宿诗家。
>
> 山人惊戴乌纱出，溪女笑依红杏遮。
>
> 来早又抛泉石去，茫茫荣利一吁嗟。

方干后裔为纪念范仲淹在村里修筑了"清芬阁"，以此激励族人。方干后裔没有辜负范仲淹厚望，前后竟有 18 人进士及第，清芬常留。

范仲淹在桐庐郡不到一年时间，却是他诗文创作的顶峰时期，他在写给一位朋友的信中说："某四月半到郡，重江乱山，目不可际，怀想朋戚，宁莫依依。而水石琴书，日有雅味，时得佳客，相与咏歌。"桐庐郡的奇山异水一次次地勾起他的诗兴，他正在酝酿一组描写桐庐郡的传世之作。于是，《潇洒桐庐郡十绝》在他的笔端流淌出来：

一

潇洒桐庐郡，乌龙山霭中。
使君无一事，心共白云空。

二

潇洒桐庐郡，开轩即解颜。
劳生一何幸，日日面青山。

三

潇洒桐庐郡，全家长道情。
不闻歌舞事，绕舍石泉声。

四

潇洒桐庐郡，公余午睡浓。
人生安乐处，谁复问千钟。

五

潇洒桐庐郡，家家竹隐泉。
令人思杜牧，无处不潺湲。

六

潇洒桐庐郡，春山半是茶。
新雷还好事，惊起雨前芽。

七

潇洒桐庐郡，千家起画楼。
相呼采莲去，笑上木兰舟。

八

潇洒桐庐郡，清潭百丈余。
钓翁应有道，所得是嘉鱼。

九

潇洒桐庐郡，身闲性亦灵。
降真香一炷，欲老悟黄庭。

十

潇洒桐庐郡，严陵旧钓台。
江山如不胜，光武肯教来。

　　这十首诗每首开头一句均为"潇洒桐庐郡"，多人为主，深入人心，后人对于"潇洒桐庐"广为沿用就不足为奇了。

　　当然，范仲淹笔下的桐庐郡涵盖桐庐、建德等地，诗中的某些意境也来源于当时的州府所在地，但一川山水，神韵相似，更何况多处写的就是如今桐庐境内的风物，因此，"潇洒桐庐"，如今惟我桐庐独享也是天经地义之事。

（2009 年 6 月）

王阳明与桐庐

明代著名的思想家、文学家、哲学家和军事家王守仁（1472—1529），世称阳明先生。这位宋明心学的集大成者，一生之中曾几次到桐庐，过钓台。虽然留存的史料不多，但从其《复过钓台》等诗和著名的"严滩问答"记载，我们还是可以了解王阳明与桐庐的一些渊源。

一、两次"过钓台"，感叹"弗及登"

在水路为主的古代，富春江是一条连接浙江与安徽、江西、福建乃至更远的广东、广西、贵州的交通要道，桐庐是其交通枢纽。加上富春江在桐庐县境内有名胜古迹严子陵钓台，它是古代文人的精神家园。"往来桐江船，必拜严子祠。"因为严子陵是中国古代文人的精神偶像。而我国古代官员基本都是文人，他们在溯江而上或顺流而下时，在严子陵钓台弃舟上岸，登钓台，谒祠堂，祭先生，几乎是约定俗成之事。严子陵是王阳明的余姚老乡，王阳明过钓台时登钓台本来应该理所当然。然而，从现在已知的王阳明两次过钓台的经历看，他都没登钓台。当然，两次都有客观原因。

请看王阳明的《复过钓台》一诗：

忆昔过钓台，驱驰正军旅。

十年今始来，复以兵戈起。

空山烟雾深，往迹如梦里。

微雨林径滑，肺病双足胝。

仰瞻台上云，俯濯台下水。

人生何碌碌？高尚当如此。

疮痍念同胞，至人匪为己。

过门不遑入，忧劳岂得已！

滔滔良自伤，果哉末难矣！

［按］：右正德己卯献俘行在，过钓台而弗及登。今兹复来，又以兵革之役，兼肺病足疮，徒顾瞻怅望而已。书此付桐庐尹沈元材刻置亭壁，聊以纪经行岁月云耳。嘉靖丁亥九月廿二日书，时从行进士钱德洪、王汝中、建德尹杨思臣及元材，凡四人。

（《王阳明全集》中卷，第 656 页，上海古籍出版社 2012 年12 月版）

这首诗的开头几句和诗后之按语，向我们介绍了王阳明两次

过钓台的背景。前一次的"正德已卯",即明正德十四年
(1519),其时王阳明在鄱阳湖中仿效赤壁之战,平定洪都的宁王
朱宸濠之乱。随后押送战俘朱宸濠赴京,顺流而下途经严子陵钓
台。在"驱驰正军旅"的特殊时期,"过钓台而弗及登",完全可
以理解。

而十年(其实应该是八年)后的复过钓台,是在明嘉靖六
年,即丁亥年(1527),他受命赴广西平定西南部的思恩、田州
土瑶叛乱和断藤峡盗贼之时("复以兵戈起")。这一次,他显然
在严子陵钓台逗留了一点时间,本来可以登钓台,但一方面由于
"兵革之役"公务在身,尽管有"空山烟雾深"之景的诱惑,王
阳明也无暇于游山赏景;另一方面,更由于他体弱多病,力不从
心,既肺病复发,又双足长疮,加上"微雨林径滑"的状况,王
阳明只能望台兴叹、"顾瞻怅望"了。

尽管王阳明没有登钓台,但他对钓台的向往与眷恋,对严子
陵的敬仰与追慕,却在诗中表露无遗。一"仰"一"俯",既是
诗人对钓台的外在行为,更是对严子陵的内心态度。于是全诗自
然过渡到后面几句的议论。

这首诗之所以成为王阳明诗作中的代表作之一,主要就在于
既表达了对严子陵这个历史人物的认识与评价,又表达了自己希
望建功立业的决心。严子陵和王阳明,如今都是浙江省余姚市倾
力打造的"四大先贤"人物(另两位是朱舜水、黄宗羲),其中
东汉时期的严子陵早于其他三位一千多年。王阳明对家乡这位
"年八十,终于家"的先贤,想来应该是十分敬仰的。诗中"高

尚当如此""至人匪为己"的评价就相当之高。"至人",是指古时具有很高的道德修养,超脱世俗,顺应自然而长寿的人。王阳明视乡贤严子陵为心目中的至人。而严子陵归隐之地桐庐境内富春山下的严子陵钓台,自然也成了王阳明向往的地方。有他年轻时的诗作为证:

> 江上俱知山色好,峰回始见寺门开。
> 半空虚阁有云住,六月深松无暑来。
> 病肺正思移枕簟,洗心兼得远尘埃。
> 富春只尺烟涛外,时倚层霞望钓台。
>
> (《移居胜果寺》之一,《王阳明全集》中卷第 573—574 页)

这是王阳明"赴谪诗五十五首"之一。王阳明年轻时仕途坎坷,曾因反对专权跋扈的司礼太监刘瑾而被捕入狱,随后被贬为贵州龙场驿驿丞。此诗写的就是王阳明出狱后赴任途中在杭州养病期间的状态与心情。"富春只尺烟涛外,时倚层霞望钓台。"从中可见,那时他内心向往钓台,希望像严子陵那样过隐居生活的一丝愿望。然而刘瑾竟然欲置王阳明于死地,派人尾随他追至杭州,想伺机加害。王阳明于是设置投江自尽假象,脱险后辗转奔赴贵州龙场任职。原本此行应是溯富春江过严子陵钓台的,可却阴差阳错乘舟出杭州湾从海上到福建再进贵州,错失了一次在桐庐拜谒先贤严子陵的机会。但我想这未必不是一件好事,奸臣的加害和风浪的洗礼,反而打消了他归隐的念头,激发出他在天高皇帝远的龙场干一番事业的决心。

如此看来，王阳明复过钓台时之所以未登钓台，除了客观原因外，是否多少还有点主观因素。何况对严子陵的评价，历来存在主流和非主流两方面意见。"先生之风，山高水长。"以范仲淹为代表的主流派主要赞颂的是他"不事王侯"的气节和"激贪立懦"的教化。然而，也有观点认为严子陵的出世观是消极的。王阳明一贯具有强烈的建功立业愿望，这次即使体弱多病，他也领受"兵革之役"，最终踏上远征之旅。在这样的背景下，来到严子陵钓台，可以想见他的内心是矛盾的复杂的。因而他既会有"人生何碌碌？高尚当如此"的羡慕，却又有"过门不遑入，忧劳岂得已。滔滔良自伤，果哉末难矣"的感叹。最后一句"果哉末难矣"，典用的是孔子对话，表达了自己不会放弃、坚持到底的决心。

王阳明显然对《复过钓台》一诗较为满意，抄录下来，希望桐庐知县沈元材能够将其刻置于亭壁。

二、王阳明与桐庐知县沈元材的一面之缘

王阳明《复过钓台》诗后按语给我们提供了一些重要信息：既有两次过钓台的背景介绍，又有随行人员、作诗时间的交代。陪同王阳明在钓台的四人除了他的弟子钱德洪、王汝中外，另两位分别是建德知县杨思臣和桐庐知县沈元材。大名鼎鼎的王阳明，受诏远征广西，从绍兴出发途经桐庐、建德，两县最高长官自然不敢怠慢。桐庐知县沈元材想来是从桐庐县城护送王阳明溯

富春江而上到达钓台的。而建德知县杨思臣，则应该是从当时的
建德县城（即今梅城）顺流而下到桐庐境内的严子陵钓台迎接王
阳明的。

　　"桐庐尹"沈元材何许人也？查清康熙年间《桐庐县志》载
明朝嘉靖六年："沈椿，吴县人，由进士嘉靖六年任。"民国《桐
庐县志》，同样载嘉靖六年桐庐"县官"是"沈椿，进士，吴县
人"。除此之外，别无其他信息。再查申屠丹荣先生所编《富春
江名胜诗集》，收有沈椿《桐君山》一诗。作者简介为"沈椿，
字元材，吴县（今江苏吴县）人。嘉靖进士，曾任桐庐知县。"
（《富春江名胜诗集》第 249 页，浙江人民出版社 1990 年 3 月版）
洋洋三大卷《严州诗统鉴》同样仅收有沈椿的这首诗，题为《晚
眺桐君山》，作者简介："沈椿，字元材，吴县（今江苏苏州吴中
区）人，明嘉靖五年（1526）进士，曾任桐庐知县。"（《严州诗
统鉴》中卷第 646 页。文汇出版社 2018 年 5 月版）这两处作者简
介让我的疑问迎刃而解。原来沈椿就是王阳明笔下的沈元材。

　　尽管沈椿（元材）只留诗一首，但从明朝诗人留下的诗作
看，他与各地官员往来频繁，常陪来客登桐君山、游富春江。他
与几位朋友的同韵同题诗特别有意思。让我们一起欣赏沈元材留
下的唯一一首诗《晚眺桐君山》：

　　　　　　楼船六月下金台，晚泊同开江上杯。

　　　　　　返照暂随轻雾敛，白云遥向近峰来。

　　　　　　空林秋笛临风吹，隔岁昏鸦拂水回。

粗粝愧淹青琐客，新诗喜见谪仙才。

明正德十二年（1517）进士鄞县人陈沂（1469—1538）写有
《与沈子元材登山偶次前韵》：

桐君仙去有高台，落日山头一举杯。
四望峰峦天外合，两分江水县前来。
浮烟市郭参差出，远火渔舟积渐回。
道有故人新作宰，同游题句不凡才。

另一位明嘉靖二年（1523）进士，沈元材的吴县老乡卢襄
（1481—1531）则写了《七月十二日与沈明府晚眺桐君山次韵》：

江干辍棹晚登台，长揖桐君酹一杯。
漫道山名曾我订，似陪地主却重来。
松间零露衣俱润，洞口吹笙鹤未回。
此景此宵难好负，只愁题咏乏仙才。

而沈元材的同榜进士平湖人屠应埈（1502—1546）前来桐庐
看望好友理所当然，也依韵留下《晚眺桐君山》：

清秋乘兴一登台，江上欢逢陶令杯。
二水渺茫天际合，万山苍翠席前来。

阴阴宿露冲泉落，片片晴云共鹤回。

欲伴桐君尝住此，尘埃真恐异仙才。

这四首同以"晚眺桐君山"为题材的七律，为桐庐的标志性名山桐君山留下了一段人文佳话。另外，明代诗中《泊桐江偕沈明府游桐君山》《春日与沈子元材登桐君山》等题目，都说明沈元材是位交游甚广的知县。

这样一位喜交游又有才的"桐庐尹"（"尹""明府"均为县令之义），与王阳明相见，擦碰出诗兴的火花，照理应是自然而然的事。可惜沈元材没有留下相关的诗文，连其他更多诗作目前也没发现，实在有点遗憾。

王阳明"书此付桐庐尹沈元材刻置亭壁"，说明他对初次相识的沈元材很信任。只是如今不知此事下文如何，史料上似乎并无记载。但我相信桐庐知县沈元材会遵嘱将王阳明的诗刻置亭壁，只是早已不复存在罢了。此句有的学者引用时误为"石壁"，倘若当初真的刻置于钓台石壁，今日或许还能留下一处弥足珍贵的文物古迹。

三、关于"严滩问答"

在立德、立功、立言上被誉为"真三不朽"的王阳明，在立言方面，晚年的"天泉证道""严滩问答""南浦请益"三件事影响深远。其中的严滩问答，就发生在桐庐县境内。

严滩即严陵滩的简称，位于严子陵钓台一带，是古时富春江上游在桐庐县境内的一处急流险滩。如今随着富春江水电站大坝的建成，形成了一段水深波平的富春江小三峡。古诗文中常见的"严滩""严陵滩""子陵滩""严濑""严陵濑""子陵濑"和"七里滩""七里濑"及现今仍在使用的"七里泷"，尽管"滩""濑""泷"三字含义略有不同，但都是指桐庐境内严子陵钓台为中心的上下这段江面。有的学者认为严滩和七里滩不在同地，其实非也。七里滩（濑）是根据其水流湍急的地理特征，即"有风七里，无风七十里"的古谚而得名；严滩（濑）是因严子陵而得名。无论名字来自于自然特征还是人文历史，其实指的都是同一段狭长的江流。

王阳明复过钓台，远征广西时，他的弟子钱德洪、王汝中一路陪伴，从绍兴来到严子陵钓台（即严滩畔）。这就是王阳明《复过钓台》诗后按语所写的"时从行进士钱德洪、王汝中、建德尹杨思臣及元材，凡四人"。

王阳明出征广西行前在绍兴宅院的天泉桥上，与两位弟子讨论了四句教，即"无善无恶心之体；有善有恶意之动；知善知恶是良知；为善去恶是格物"。这就是著名的"天泉证道"。由于两位弟子对四句教的认识存在很大分歧，因而紧接着发生的"严滩问答"，可谓是"天泉证道"的续篇，尽管内容并不相同。

下面两段记载就是"严滩问答"的内容——

《阳明传习录》下卷 337 条，钱德洪记道：

先生起行征思田，德洪与汝中追送严滩。汝中举佛家实相幻相之说。先生曰:"有心俱是实,无心俱是幻。无心俱是实,有心俱是幻。"汝中曰:"有心俱是实,无心俱是幻,是本体上说功夫;无心俱是实,有心俱是幻,是功夫上说本体。"先生然其言,洪于是时尚未了达。数年用功,始信本体功夫合一。但先生是时因问偶谈。若吾儒指点人处,不必借此立言耳。

而王汝中的全集中,也有如下一段记载:

夫子赴两广,予与君送至严滩。夫子复申前说:"二人正好互相为用,弗失吾宗。"因举"有心是实相,无心是幻相;有心是幻相,无心是实相"为问。君拟议未及答,予曰:"前所举,是即本体证工夫;后所举,是用工夫合本体。有无之间,不可致诘。"夫子莞尔笑曰:"可哉!此是究极之说。汝辈既已见得,正好更相切劘,默默保任,弗轻漏泄也。"——《龙溪王先生全集》卷二十

2017 年 1 月 12 日,华东师范大学哲学系教授方旭东先生在桐庐县富春江镇孝门村和建德市安仁镇交界处其创建的安仁精舍举办了一场名为"严滩讲会"的小型研讨会,约请浙江大学、宁波大学、浙江省社科院专家学者出席,我也有幸受邀参加。席间我简要谈论了范仲淹与桐庐及严子陵钓台之间的渊源。而对于"严滩问答",我则在那次会议上才有了初步的了解,但一直未能深究,也无力深究。好在专家学者对此多有专业的论述,感兴趣

者自可查阅。无论如何，王阳明一生之中如此重要的论学之事发生在桐庐境内，我们没有理由不关注不重视。

另外，关于严滩一词，除王阳明两位弟子多次提及外，王阳明也有提及，他在离开钓台翌日写给家人信中写道："即日舟已过严滩，足疮尚未愈，然亦渐轻减矣。"（《王阳明全集》中卷第817页）由此可见，严滩在王阳明心目中，显然是一个印象深刻的地方。

四、新发现王阳明的另一首钓台诗

关于王阳明写钓台的诗，从古至今，历代严州和桐庐县编辑的诗集中，均只收入《复过钓台》这一首。

从《复过钓台》及跋看，已知王阳明两次过钓台，且一顺流而回，一逆流而往。但从其生平经历看，他至少四次南下，除一次从海上经福建前往外，其他几次去江西、广西等地，按理去回都应该取道富春江、途经严陵滩。然而查阅富阳、桐庐、建德编辑出版的诗集，除王守仁《复过钓台》一诗外，均未发现王守仁（阳明）其他有关富春江、新安江的诗作。那么，他是否另有富春江钓台诗呢？带着这样的疑问，我认真翻阅《王阳明全集》。功夫不负有心人，在下卷补录中，我发现《咏钓台石笋》一诗：

云根奇怪起双峰，惯历风霜几万冬。
春去已无斑箨落，雨余唯见碧苔封。

不随众卉生枝节，却笑繁花惹蝶蜂。

借使放梢成翠竹，等闲应得化虬龙。

（《王阳明全集》下卷，第 997 页）

　　全集中除此别无其他片言只字。此诗究竟作于何时，不得而知。但从"雨余唯见碧苔封"一句看，很有可能与《复过钓台》作于同时（因有"微雨林径滑"句）。这是一首写景咏物诗，内容与桐庐严子陵钓台景致高度契合。这首七律观察细致入微，写景准确到位，尤其中间两联，对仗工整；同时借物喻志，抒发情感，不愧是一首佳作。位于钓台双峰之间的石笋，是钓台一大奇观。然而前人少有题咏，因为或许诗人们都把注意力集中在东西两台和严先生祠堂，集中在严子陵这个人物身上。王阳明其时因未登钓台，在严滩畔"仰瞻台上云"的过程中，目光被双台之间一柱挺立的石笋所吸引，有感而发吟成此诗，我以为是顺理成章的。那么，此诗为何严州及桐庐史料中未能留存？据查证，此诗原收入黄宗羲《四明山志》。我猜想，王阳明当初在钓台时未写下此诗，后回故乡时才书赠友人，流传于余姚文人之间。后来被余姚乡贤黄宗羲发现，并编入他编辑的《四明山志》之中。由于此诗与四明山并无关联，一直未受到重视，直到 2012 年，才收入由吴光先生领衔主编的《王阳明全集》中。这样看来，此诗在桐庐并无留存也可理解了。

　　顺便提一句，我还为全集校订作了点小贡献。《王阳明全集》中此诗"却笑繁花惹蝶蜂"一句之"蜂"误为"峰"。无论从"惹

蝶蜂"的语意看，还是从诗中两个峰字的语境看，我以为此字应是
误排了。我向吴光教授求证，他马上回答我："谢谢校改一字，蝶
峰乃蝶蜂之误也。"让我感佩吴光教授这种虚怀若谷的学术态度。

前段时间，浙江省儒学学会会长、著名学者吴光教授应桐庐
中学的邀请，回母校协助设立"吴光国学馆"。我受邀参加开馆
仪式。闲聊中这位相识已近 30 年的学长得知我在收集王阳明与
桐庐的资料，鼓励我写成文章，由《儒学天地》刊物发表。最近
吴光先生再次回母校，举办《儒藏精华》捐书活动。随后我陪吴
光教授和山东省儒学发展促进会负责人一行参观范仲淹纪念馆，
他再次敦促我写一写王阳明与桐庐。于是，我不揣浅陋，写成此
文，以期抛砖引玉。

（载 2019 年第 3 期《儒学天地》，其中第 4 部分以《王阳明
的钓台诗》为题载 2020 年第 3 期《钱塘江文化》）

画家沈周的钓台诗

明朝大画家沈周无疑有一颗寻诗觅画之心。这位吴门画派掌门人，曾经收藏过黄公望《富春山居图》却为人所掠，"乃以意貌之"绘成《仿黄公望富春山居图》的明四家之首，对于富春山水的向往，自然在情理之中。

明成化二十年（1484）初夏，年近六旬的沈周再一次暂别苏州南下杭州。与初次来杭时已相隔十余年，沈周的名气更大了。他的到来，引得很多粉丝慕名前来求画。其好友刘邦彦专门写过一首诗，记录了"送纸敲门索画频"的情景。不仅如此，还有一位僧人甚至寄诗求画："寄将一幅剡溪藤，江上青山画几层。笔到断崖泉落处，石边添个看云僧。"沈周见之，欣然以其诗意作画一幅相赠，让那位"看云僧"喜不自禁。

这次赴杭，沈周在灵隐寺住了几天。又去老朋友刘邦彦的竹东别墅住了一夜，并写了一首《立夏日山中遍游后夜宿刘邦彦竹东别墅》实录其事：

乍认东庄路不真，有桥通市却无邻。
山穷借看堂中画，花尽来寻竹主人。
烂熳笾麻发新兴，留连樱笋送残春。
与君再见当经岁，分付清觞缓缓巡。

　　因为担心"与君再见当经岁"，因而和主人"分付清觞缓缓巡"。然而，与朋友分享美酒举杯共饮的日子固然是惬意的，沈周却更向往着溯富春江而上，去追寻黄公望的足迹。

　　于是，他告别杭州，开始了一段"渡富春江，登子陵钓台"的揽胜之旅。桐庐，便成为他此行的第一站。

　　唐人韦庄有诗云："钱塘江尽到桐庐，水碧山青画不如。"桐庐，位于钱塘江—富春江—新安江这一自古有名的黄金水道的中心地段。与名字一样美丽的富春江贯穿全境。桐庐县境内富春山下更有东汉高士严子陵隐居垂钓的名胜古迹——严子陵钓台。范仲淹知睦州（北宋时期别名桐庐郡，辖桐庐、分水、建德、寿昌、淳化、遂安六县）时，慕严子陵之高风亮节，在钓台修建严先生祠堂，并亲撰《桐庐郡严先生祠堂记》，文末赞歌"云山苍苍，江水泱泱，先生之风，山高水长"成为千古名句。从此以后，"往来桐江船，必拜严子祠。"桐江，乃富春江在桐庐县境内段的别称，也是历来公认风景最美的一段。北宋名家柳永词云："桐江好，烟漠漠。波似染，山如削。"沈周此行在桐江之畔，富春山下，登子陵钓台，谒严子祠堂，似乎成为天经地义之事。这次登钓台、观古画，也让沈周诗兴大发，写下多首咏赞严子陵的诗。

让我们一起来领略沈周眼里的《子陵垂钓》：

> 一出聊全故旧私，急归自信海鸥姿。
> 中间亦有君臣谊，买菜侯生岂得知。

再让我们一起欣赏沈周笔下的《题严子陵像》：

> 闻道先生裹足时，曾无一语答相知。
> 后来亦有同衾者，再四能歌抱蔓诗。

沈周显然熟知严子陵与光武帝的典故。他对范仲淹"微先生，不能成光武之大；微光武，岂能遂先生之高哉！而使贪夫廉，懦夫立，是大有功于名教也"的评论想来是心有戚戚焉。于是，意犹未尽的他又写下《子陵独钓图二首》。这两首七律是这样的，其一：

> 霜落江清木叶空，丹青有像是非中。
> 羊皮不耻见天子，凤德何曾属画工。
> 千古超然此翁迹，一裘聊耳故人风。
> 能来能去形骸外，私莫容窥道自公。

其二:

> 一宵展足便江湖，能去能容两不孤。
> 天子教人知友道，先生立节为贪夫。
> 钓丝袅袅其风在，物色寥寥此貌无。
> 附义怀仁言已尽，荣乎使者亦何愚。

沈周一生不应科举，终生不仕。因而严子陵隐居垂钓不事王
候的做派让他心生敬意。他对光武帝刘秀的宽容大度也赞赏有
加，直言"天子教人知友道"。显而易见，严子陵"能来能去"
又"能去能容"的洒脱，让他羡慕不已。当然，羡慕归羡慕，却
无半点嫉妒恨。"先生立节为贪夫！""钓丝袅袅其风在！"的确，
"先生之风"，既在他的眼里，更在他的心里。

除了桐庐严子陵钓台外，沈周此行的另一站是台州的天台山。

富春江与天台山的美景让沈周目不暇接。他"或携筇登眺，
或泛艇闲观"，陶醉于"朝岚夕霭"之景，流连在"万壑千峰"
之中。在这位熟读诗文和精通书画的大画家眼里，这些自然胜境
简直就是"灵区异域"。于是他不得不发出这样的感叹："吁，天
地亦广矣！虽欲谱入无声诗中，愧不能具灵心巧腕，乌可得乎！"
这当然是沈周的自谦之词。我猜想，或许他因为惊叹于造化的鬼
斧神工，当初还没有做好谱写与描画"无声诗"的准备吧。

然而，作为画家的沈周，不把这次揽胜之旅的所见所闻所思所
感用画笔描绘下来始终是心有不甘的。于是，弘治八年（1495），

年近七旬的沈周趁着一段清闲时光，在其心爱的居所"有竹庄"，花两个月时间静心创作了一幅山水长卷《浙中揽胜图》。画完之后，又在画卷上题写了一段长长的跋：

余比岁揽胜浙中，渡富春江，登子陵钓台，观赤城之霞，探金庭之洞，朝岚夕霭，靡所不经，而灵区异域，万壑千峰，目之所穷，意之所到，真有可名状。吁，天地亦广矣！虽欲谱入无声诗中，愧不能具灵心巧腕，乌可得乎！因即其游，或携筇登眺，或泛艇闲观，或郊原村落，适有一树一石可视，尽收拾笔端中，始成稿本。

今岁清和，闭关有竹庄，闲眠无事，因忆旧游，乃觅佳纸，一一为之拈出，两阅月而成卷，展之恍若昔遇历历在目。余于两浙名胜平生企慕，迨老始获之，可信境与人间不多设，游于人生不能几遭。因引酒独酌，心与境融，境与图会，洋洋乎欲参造物者游，可谓与神俱化矣。图成，因并记之。时夏五月二十八日，石翁自识。

如果说整篇题跋的前半部分是一则微型游记的话，那么，后半部分便是则短小精悍的创作谈。其中既有创作时间、地点、用纸等客观因素的交代，更有画家人生经历与感悟、创作状态与心境的表达。沈周的创作状态，何等潇洒！我仿佛看到，一位老者独处画室，借着酒兴与诗兴一边回忆旧游，一边洋洋乎挥毫运墨，下笔如有神助的情景！

半生诗梦在桐江的吴嵩梁

平生选诗梦，

一半在桐江。

这是清朝有"诗佛"之称的江西诗人吴嵩梁的诗句。

诗中的桐江，是指富春江在桐庐县境内段的别称。诗人认为自己的诗梦与诗情，有一半来自于这富春一段江上。

那么，吴嵩梁何许人也？他与桐江究竟有着怎样的渊源？

吴嵩梁，（1766—1834），字子山，号兰雪，晚号澈翁，别号莲花博士、石溪老渔。江西东乡县人。曾任贵州黔西州知州，官至内阁中书。他是清代文学家、书画家，被誉为清代江西最杰出的诗人。

吴嵩梁自幼便颇有诗才，仕途却并不得志，直至 35 岁才中举人，此后屡屡应试，却始终未中进士。然而他交游甚广，在诗才方面广受推崇。关于其诗才诗名之盛，有两件逸闻可作佐证，一是连以才自负的清朝著名诗人袁枚，也对他的才华十分佩服。二是朝鲜使臣申维得到他的诗集后，竟以梅花一龛供奉之，并推誉他为"诗佛"。吴嵩梁著有《香苏山馆诗抄》《清史列传》等行于世。

这样一位杰出诗人，竟然发出"平生选诗梦，一半在桐江"的感叹。可见桐江对他的影响之大，又可见他对桐江的钟爱之深。

吴嵩梁一生有一半时间往返于家乡和京城之间，富春江是其必经之地，因而他曾多次游历富春江，或顺流而下，或溯江而上。尽管每次旅途匆匆，但他对桐庐印象深刻，对桐江情有独钟。吴嵩梁共写下20余首与桐庐桐江有关的诗，分别是：《桐江五首》《桐庐》《雪中过桐庐四首》《七里泷》《九里洲梅花歌》《舟中自订癸丑甲寅诗卷感怀八首兼寄吴越诸公》《梦泛桐江作》《桐江》《七里泷》《严濑》《钓台夜泊》《严先生祠》《西台怀谢皋羽》。

这些诗中，直接以"桐江"入题的便有7首，其中5首是组诗。另外无论说舟中还是写"七里泷""九里洲""严濑"等，其实都是写桐江。细读之后，可见写于不同时期。

《桐江五首》是一组五言古体诗，描述了诗人乘舟从"兰溪至桐庐"顺流而下所见之桐江秋日美景。整组诗写得轻松明快。请看其中第一首：

兰溪至桐庐，水清如益妍。

好风复相送，舟行殊渺然。

> 榜妾喜闲暇，新茗能自煎。
>
> 炉声沸秋雨，瓯香生午烟。
>
> 我持一卷书，就读西窗偏。
>
> 白鸟不避人，青山自随船。

五律《桐庐》依然是秋天所见所感，借桐君在梧桐树下结庐隐居的典故，表达自己留恋"吾家石溪馆，树根一卷书"的惬意生活：

> 高梧隐华月，秋阴散庭除。
>
> 月斜影微敛，凉叶犹萧疏。
>
> 吾家石溪馆，树根一卷书。
>
> 孤凤念俦侣，怆恻当何如。

长年往返于故乡与京城之间的吴嵩梁，显然曾在寒冬时节途经过富春江，他溯江而上经桐庐去兰溪，饶有兴致地写下《雪中过桐庐四首》，此选两首，其一：

> 晓寒一棹趋严州，桐江得雨成奔流。
>
> 回风忽捲万花舞，烟水欲穷天尽头。
>
> 七里泷前橹声急，夹岸千峰皆玉立。
>
> 上天下地无纤尘，逆风顺水相低徊。
>
> 峭帆叶叶兰溪去，咫尺回看不知处。

其四：

桐江佳处寻诗遍，云水空明月凄艳。
秋菊冬花吾故人，曾画清游入横卷。
扁舟来往三十年，橘枝旧曲人争传。
青山笑人今白首，偕隐初心太孤负。
笛声呜咽当奈何，平生哀乐中年多。

诗中"桐江佳处寻诗遍"和"扁舟来往三十年"的句子告诉我们，诗人三十年来往返于富春江上，游遍桐江佳处，寻诗觅词，流连忘返。

而以下两首诗，更是直观地表达了诗人对桐江的留恋与向往——

《梦泛桐江作》：

富春山下愿携家，缚个茅庵近水涯。
沽酒偶然移棹去，一江明月动梅花。

《桐江》：

微雨才收薄霁初，歌声袅袅过桐庐。
半帆明月行吹笛，一枕青山卧读书。
泛宅重来携妇孺，比邻何日结樵渔。

海东为我传图画，只恐清深画不如。

"富春山下愿携家，缚个茅庵近水涯"和"泛宅重来携妇孺，比邻何日结樵渔"的诗句，表达了诗人移居桐庐的心愿。另一首写九里洲的古歌又直白地表达了"余欲移家于此"的愿望——《九里洲梅花歌有序》：

洲距桐庐县二十里，背山临江，居人以梅为业，计亩种花，可得数十万树。余欲移家于此，自署为香田农家，足矣。

众香之国不可求，九里洲近吾能游。
洲头洲尾千万树，除种梅花无隙处。
洲民生长梅花中，子孙世世为花农。
但乞种花田二顷，不换人间禄万钟。
春意欲回苞怒拆，雪地花天同一白。
寻常茅舍竹篱边，寝食惟闻花气息。
花梢遥见富春山，积翠浮岚夕照间。
其根下透桐江水，一棹穿花往复还。
花开花谢梅结子，家家笑语花阴里。
此间便是桃花源，饭熟胡麻吾老矣。
老夫性僻耽梅花，平生愿以花为家。
曾寻邓尉携吟屐，曾入西溪弄钓槎。
罗浮前岁清游失，仙梦低徊难再觅。

石溪归卧春风颠，索笑巡檐能几日。

一窗雪意夜三更，薄宦天涯百感并。

移家终践香田约，饱看梅花过一生。

九里洲即今梅蓉，诗人希望能在此有一间属于自己的"香田农家"。"移家终践香田约，饱看梅花过一生。"你看，诗人多么盼望来此过向往的生活。

《舟中自订癸丑甲寅诗卷感怀八首兼寄吴越诸公》是吴嵩梁泛舟富春江写下的一组七律，其中第七首云：

富春江色钓台边，朵朵芙蓉浸碧涟。

素鲤上竿鳞未损，红妆照水影都妍。

经过云树俱无恙，我与溪山最有缘。

二十四鸥相识久，往来不避载书船。

"经过云树俱无恙，我与溪山最有缘。"可见这一路风景，两岸溪山，在诗人眼里都是相识已久的老朋友了。诗人与桐江的半生情缘跃然纸上。

吴嵩梁以《七里泷》为题的诗就有两首，一首是七言古诗：

钱塘潮满连桐江，一日已到七里泷。

双桨无声片帆饱，万山飞舞来船窗。

峰峰压云吹不起，积翠空濛化江水。

一天秋影泻冰壶，破月如瓜堕江底。

榜妾意态闲鸥闲，临流自约双鸦鬟。

教就竹枝能缓歌，洒鳞摇绿生微波。

前身我亦羊裘客，渔弟渔兄共酬适。

蘋花风过酒初醒，一枕江天听吹笛。

另一首《七里泷》是五律：

云瀑泻淙淙，浮岚翠湿窗。

鬐鱼明乍掷，沙鸟卧仍双。

路仄疑穿峡，山多爱入泷。

平生选诗梦，一半在桐江。

这两首诗都用重笔描绘渲染了七里泷迷人风光。"平生选诗梦，一半在桐江。"这一诗句便出现在五律《七里泷》这首诗中。我们知道，桐江是公认富春江上风景最美的一段，而七里泷又是桐江最美的地方。七里泷是富春山脚严子陵钓台畔的一段急流险滩，古称"有风七里，无风七十里"而得名。如今因为富春江水电站大坝的建成，形成一段水深流静的富春江小三峡，风光旖旎，更为迷人。

因为这里还有一处中国文人向往的精神家园——严子陵钓台；又有一位令人崇敬的精神偶像东汉高士严子陵。因而七里泷（滩、濑）还有严滩、严濑、严陵滩、严陵濑、子陵滩等许多与严子陵相关的别名。

　　大秀才吴嵩梁理所当然地写了多首钓台题材的诗：《严濑》《钓台夜泊》《严先生祠》《西台怀谢皋羽》。《严濑》也是首五言律诗：

　　　　　　红叶不可画，萧萧枫树林。
　　　　　　回风一以拂，吹满钓台阴。
　　　　　　石濑寒逾响，烟岚晚更深。
　　　　　　水扉吟坐久，空翠欲沾襟。

　　此诗写的是作者在深秋时节，傍晚时分，乘船行至严濑的情景。

　　傍晚抵达严濑之后，随即吴嵩梁便夜泊于钓台，又用一首五律《钓台夜泊》，记录下月光下的钓台夜景和自己的旅途感怀：

　　　　　　不见羊裘客，千山空月明。
　　　　　　荒台俯云壑，中有浩歌声。
　　　　　　诗骨本来瘦，旅怀今更清。
　　　　　　桐江如此碧，未敢濯尘缨。

　　诗中以诗骨陈子昂的诗意，表达对故人严子陵（即羊裘客）的追思。尾联"未敢濯尘缨"，用生怕污染"如此碧"的桐江水，来喻指不忍玷污明净高洁的严子陵，表达对先生之风的敬仰之情。

第二天，吴嵩梁谒严先生祠，登西台怀谢翱，又写下两首诗。其中《严先生祠》依然是首五律：

> 高卧小天下，汉廷无此才。
>
> 肃然垂钓客，肯为故人来。
>
> 祠宇千山对，桐庐一水回。
>
> 功名让诸将，辛苦画云台。

此诗用议论手法对严子陵不慕名利，不事王侯，甘愿做垂钓客的风范进行了评价与称赞。

《西台怀谢皋羽》则是一首七律：

> 赵家块肉沉沧海，痛哭西台事已非。
>
> 下食似闻朱鸟语，游魂谁化黑龙归。
>
> 江山凭吊留荒石，天地萧条一布衣。
>
> 如意只今重击碎，霜风吹裂钓鱼矶。

严子陵钓台的西台是谢翱恸哭文天祥处。谢翱（1249—1295），南宋爱国诗人，"福安三贤"之一。字皋羽，号晞发子，福建霞浦人。曾追随文天祥。后听闻文天祥被害，在西台击节恸哭，写有《登西台恸哭记》名文和多首诗作。吴嵩梁此诗记录了他登西台触景生情，缅怀谢翱的心情。

纵观吴嵩梁的桐江诗，除了描写山水风光外，便是对其间人文景观的抒怀，这与他饱读诗书有关。他游富春江，并非简单的旅途，也非纯粹的旅游，而是集旅行与读书于一体："我持一卷书，就读西窗偏。""半帆明月行吹笛，一枕青山卧读书。"这就是他在桐江之上的真实写照。

这样的一位文人，面对兼具自然风光与人文风情的富春一段江，吟出"平生选诗梦，一半在桐江"的诗句，就不足为奇了。

（2019 年 1 月）

◎ 品诗词游桐庐

舟过桐庐

潇洒桐庐县，寒江缭一湾。

朱楼隔绿柳，白塔映青山。

稚子排窗出，舟人买菜还。

峰头好亭子，不得一跻攀。

唐·白居易
《宿桐庐馆同崔存度醉后作》赏析

江海漂漂共旅游，一尊相劝散穷愁。

夜深醒后愁还在，雨滴梧桐山馆秋。

〔作者简介〕

白居易（772—846），字乐天，号香山居士，河南新郑（今郑州新郑）人。贞元十六年（800）进士。是唐代伟大诗人，有"诗魔"和"诗王"之称。

〔作品赏析〕

这是一首羁旅诗，题目《宿桐庐馆同崔存度醉后作》告诉我们创作此诗的背景：他是在旅途中夜宿桐庐的馆驿与好友崔存度同饮后所作。

这是一个秋天的雨夜，四海漂泊的诗人与朋友在富春江边桐君山畔的桐庐馆驿中留宿，两人对饮相劝很快便驱散了离乡的愁思，夜深人静之后，人醒了，酒也醒了，但愁依然还在，雨水打在秋天的梧桐叶上，更增添了诗人的乡愁。

这首诗是白居易羁旅诗的佳作。尽管诗中没有直接赞美桐庐，但从诗题和"雨滴梧桐山馆秋"一句，我们可以想见桐庐在唐代时就是一个繁华的交通枢纽之地。

唐·韦庄
《桐庐县作》赏析

钱塘江尽到桐庐,水碧山青画不如。

白羽鸟飞严子濑,绿蓑人钓季鹰鱼。

潭心倒影时开合,谷口闲云自卷舒。

此境只应词客爱,投文空吊木玄虚。

〔**作者简介**〕

韦庄(836—910),字端己,京兆杜陵(今陕西西安东南)人。唐乾宁元年(894)进士。曾为前蜀开国宰相。工词,是"花间派"重要作家。

〔**作品赏析**〕

这是一首盛赞桐庐自然风光与人文风情的七律。

首联明白如话,对桐庐的赞美溢于言表,因而脍炙人口。首句一作"钱塘江尽桐庐县"。

颔联用一个镜头和一个典故表现了严子陵钓台的自然风光和严先生的高风亮节。青山绿水，白鸟蓑人，组合成一幅严子陵垂钓图。"季鹰鱼"即鲈鱼，典出《晋书·张翰传》："翰（字季鹰）因见秋风起，乃思吴中菰菜、莼羹、鲈鱼脍，曰：'人生贵得适志，何能羁宦数千里以要名爵乎！'遂命驾而归。"后即以此喻归隐。

颈联是写景，水中倒影和山头的浮云悠闲自在地时隐时现、时卷时舒着，为垂钓图勾勒出背景。整幅画面有远有近、有高有低、有虚有实，实在让人过目难忘。

难怪作者要说这样的美景只有诗人才能喜欢，并表达出来，我写这首诗无非是对空凭吊大文豪木玄虚（即木华，西晋文学家）罢了。尾联意思是面对如此画不如的美景，"我"写下此诗真是在诗词大家面前班门弄斧了。其实这是韦庄的自谦，他的这首《桐庐县作》实在是一首难得的佳作。

唐·方干
《思江南》赏析

昨日草枯今日青，羁人又动望乡情。

夜来有梦登归路，不到桐江已及明。

〔**作者简介**〕

方干（809—888），字雄飞，唐睦州桐庐（今浙江桐庐）人。因唇缺貌陋举进士不第，隐居绍兴鉴湖，终因诗显。死后门人私谥"元英先生"，后人称他"官无一寸禄，名传千万里"。

〔**作品赏析**〕

方干的这首《思江南》其实应该取题为《思家乡》，而他的家乡就在桐庐富春江边的鸬鹚湾。诗的第一句意思是说时光流逝，冬去春来，枯草又变青变绿了。离别家乡多年的羁旅之人又萌动了望乡之情。于是入夜之后便做了一个归乡的美梦，然而，行程还没有到达桐江（富春江在桐庐境内段的别称），梦却醒了，天也亮了。

这首诗尽管只有短短的 28 个字，却极言思乡之情之切。因而此诗在网上也受到读者的喜爱。但"望乡"变成了"故乡"，显然少了一份期盼。"桐江"有的版本则直言"桐庐"，而古本木刻版多种版本《唐元英先生诗集》，此诗均作"桐江"。其实方干用桐江指代家乡桐庐词意已至。

方干的这首思乡曲我们桐庐人理应熟读之。

宋·范仲淹
《潇洒桐庐郡十绝》赏析

一

潇洒桐庐郡，乌龙山霭中。
使君无一事，心共白云空。

二

潇洒桐庐郡，开轩即解颜。
劳生一何幸，日日面青山。

三

潇洒桐庐郡，全家长道情。
不闻歌舞事，绕舍石泉声。

四

潇洒桐庐郡，公余午睡浓。
人生安乐处，谁复问千钟。

五

潇洒桐庐郡，家家竹隐泉。
令人思杜牧，无处不潺湲。

六

潇洒桐庐郡，春山半是茶。
新雷还好事，惊起雨前芽。

七

潇洒桐庐郡，千家起画楼。
相呼采莲去，笑上木兰舟。

八

潇洒桐庐郡，清潭百丈余。
钓翁应有道，所得是嘉鱼。

九

潇洒桐庐郡，身闲性亦灵。
降真香一炷，欲老悟黄庭。

十

潇洒桐庐郡，严陵旧钓台。
江山如不胜，光武肯教来。

〔作者简介〕

范仲淹（989—1052），字希文，苏州吴县（今江苏苏州）人。大中祥符八年（1015 年）进士。北宋著名思想家、政治家、文学家、军事家。曾任睦州（桐庐郡）知州。

〔作品赏析〕

范仲淹曾于 1034 年出任睦州知州，期间他共写下了数十篇诗文，其中最有影响的就是《桐庐郡严先生祠堂记》和组诗《潇洒桐庐郡十绝》。

让我们一起来欣赏这 10 首五言绝句——

第一首：潇洒桐庐郡，看到乌龙山处于薄薄的雾霭之中，让你感到闲无一事，心情仿佛和白云融为一体，潇洒空灵。这是整组诗的灵魂。诗中借景抒情，表达了"使君无一事，心共白云空"的潇洒心情。正是因为范仲淹具有这种心情，因而在他眼里，青山、石泉、春茶、嘉鱼、钓台等景物与全家道情、午睡正浓、居家怀古、舟中采莲、进香悟经等事情无一不潇洒。

第二首：潇洒桐庐郡，打开门窗立刻就面露喜色；辛劳一生的人们是多么幸福啊，能够每天面对绵绵青山。桐庐郡本来就是一处多山的丘陵地带，奇山异水，天下独绝。仁者乐山，平民百姓又何尝不乐山呢？这首诗将人和山融为一体，身临其境，心中自然潇洒自如。

第三首：潇洒桐庐郡，全家老少一起经常相聚谈论，此情此景，其乐融融；两耳不必听那歌舞之乐事，只须听听环绕房舍潺潺流过山石的泉水声就足够了。诗后原有自注："乌龙山泉，实过公署。"显然写的是范仲淹在桐庐郡的居家生活。这首诗写得极具人情味，是一幅家庭和睦图，充满着天伦之乐的幸福与潇洒。诗中所写的居家生活是平淡宁静的，但正是诗人心中想要追求的。

第四首：潇洒桐庐郡，公余时间，中午睡意正浓，那就尽情地睡吧。人生有如此安乐之时之处，谁还再去问有无优厚的俸禄呢？这首诗实在是以小见大，连公余午睡酣浓也能入诗，表明作者的淡泊心境。其实也从侧面反映了桐庐郡环境之美。"谁复问千钟"的感慨与郁达夫坐在桐君山的石凳上发出"倘使我若能在这样的地方结屋读书，以养天年，那还要什么的高官厚禄，还要什么的浮名虚誉哩？"（《钓台的春昼》）的感叹异曲同工。"人生安乐处，谁复问千钟"，这是何等的潇洒豪迈。

第五首：潇洒桐庐郡，家家房前屋后竹林隐藏着泉水，叫人思念起杜牧所写的"无处不潺湲"的诗句。杜牧乃唐朝诗人，曾任睦州太守，写有《睦州四韵》，其中一首有"有家皆掩映，无处不潺湲"二句。这首诗写的是桐庐郡人的居住环境，家家房屋都掩映在竹林之中，屋旁还有泉水潺潺流过，多么宁静安详。文人们"宁可食无肉，不可居无竹"的潇洒心态仿佛也在这里得到了体现。

第六首：潇洒桐庐郡，春季来临，漫山遍野多半是茶树，新雷轻发仿佛做了好事，惊起沉睡一冬的茶树在谷雨前抽出新芽。这是最为今日桐庐人耳熟能详脍炙人口的一首诗，几乎人人会背。好山必定有好茶，桐庐郡各县均产优质春茶，桐庐县更是主要产茶区。而且桐庐人历来喜品茗，早在唐朝桐庐县城江边就建有多家茶楼，不仅是往来生意人必去的场所，也是桐庐本地人乐意去的地方。唐朝睦州分水人施肩吾状元曾写有一诗，开头两句便是"荥阳郑君游说余，偶因榷茗来桐庐"。榷茗即榷茶，是我国旧时对茶叶实行征税、管制专卖的措施。施肩吾因郑州郑判官的游说，来到桐庐专事"榷茶"，可见当时桐庐茶叶市场的繁荣。

"新雷还好事，惊起雨前芽"，人们又要开始采茶、制茶、售茶，而新茶一杯，静心品尝的生活又是多么潇洒惬意。

第七首：潇洒桐庐郡，家家户户仿佛都建起了画中楼阁；人们相呼着一起去采摘莲蓬，嬉笑着登上木兰舟出发。这首诗写得动静结合，在"千家起画楼"的背景下给我们画了一幅充满动感和生活气息的图画。此诗极能激发读者的羡慕之情，潇洒桐庐人连劳作也是那么的潇洒快乐。

第八首：潇洒桐庐郡，清清的水潭深不可测，仿佛百丈有余。垂钓的渔翁应有独自的门道，他所钓得的都是好鱼。这是一幅渔翁垂钓图，在清潭之畔，坐着静心垂钓的老翁。与其说钓翁是在钓鱼，还不如说是在垂钓休闲生活，这是一种令人称羡的潇洒悠然境界。

第九首：潇洒桐庐郡，身体悠闲性情也很空灵；点上一炷降真香，临老便能领悟到《黄庭经》的真谛。《黄庭经》为道教上清派主要经书之一，内容以七言歌诀讲说道教养生修炼的原理。这首诗本身就给人悠闲空灵的感觉。降真香的丝丝香烟让人心无杂念，在如此宁静安详的环境中，人们自然而然地慢慢会感悟到道教《黄庭经》的真谛。这一份潇洒与逍遥是常人难以企及的。

第十首：潇洒桐庐郡，有一处严子陵遗留下来的钓台。如果这里江山不优美，当初光武帝怎么肯让严子陵来此隐居，垂钓耕作。这首诗写得很高明，诗中巧妙地用反衬手法来极言桐庐江山之胜。短短二十个字就把富春山水的潇洒胜境、严子陵先生归隐其间的自得其乐和汉光武帝的大度气量一并表达了出来，读来让人怀想严子陵和光武帝的潇洒风范。

《潇洒桐庐郡十绝》一咏到底，一气呵成。尤其是开头一句反复出现，气势非凡，给人强烈的视觉冲击力，多入为主，深入人心。这组诗一经问世，人们便争相传诵，"潇洒桐庐"的名声便传扬开去，流传至今。范仲淹也获得了"范桐庐"的别名。

宋·陆游
《渔浦》赏析

桐庐处处是新诗，渔浦江山天下稀。

安得移家常住此，随潮入县伴潮归。

〔作者简介〕

陆游（1125—1210），字务观，号放翁。越州山阴（今绍兴）人。南宋著名爱国诗人。

〔作品赏析〕

陆游在晚年 61 岁时出知严州，其间他曾多次到访桐庐，写下 20 余首吟咏桐庐的诗词。其中在《桐江行》中他写道："我来桐江今几时，面骨峥嵘鬓如雪。"在另一首《桐庐县泛舟东归》中又说："桐江艇子去乘月，笠泽老翁归放慵。"可见这位老翁对桐庐山水情有独钟。这在《渔浦》这首诗中更是表露无遗。

　　诗的开头直言"桐庐处处是新诗",对桐庐山水到处如诗如画表达了由衷的赞叹。而其中渔浦的江山更是天下稀有。"渔浦"指江河边打鱼的出入口。据《桐庐县志》载:桐庐江南有渔浦。但没有具体指何处。萧山义桥镇有一处叫渔浦的地方,该镇现据陆游此诗推出了渔浦文化节,其实是在帮桐庐做宣传。陆游的渔浦显然指的是桐庐县境内,大概在窄溪一带,这样后两句:"怎么才能把家迁移过来常住此地,随着潮水进入县城又伴着潮落回到此地"才说得通。另外,与陆游同列"中兴四大诗人"的范成大有一首《泊桐江谒严子陵祠》中有"一席饱风渔浦阔,千山封雪钓台高"的诗句,其中的渔浦毫无疑问在桐庐县境内。

唐·孟浩然
《宿桐庐江寄广陵旧游》赏析

山暝听猿愁，沧江急夜流。
风鸣两岸叶，月照一孤舟。
建德非吾土，维扬忆旧游。
还将两行泪，遥寄海西头。

〔作者简介〕

孟浩然（689—740），襄州襄阳（今湖北襄樊）人。以山水田园诗见长，与王维合称"王孟"。

〔作品赏析〕

唐代诗人孟浩然的《宿建德江》："移舟泊烟渚，日暮客愁新。野旷天低树，江清月近人。"可谓是脍炙人口的诗作，而他的这首《宿桐庐江寄广陵旧游》同样是富春江名诗，这两首诗有着异曲同工之妙。

　　这首诗的前四句是写景。因是夜晚，所以除了月照孤舟写的是看到的景象外，其他都是通过听觉来写，猿啼、水流和树叶摇动的声音反衬出环境的寂静，羁旅之愁和思友之情油然而生。后四句抒情便水到渠成。"建德非吾土"是说将去的羁留之地建德并不是我的故乡（孟浩然的故乡是湖北襄阳），但他对扬州（即维扬、广陵）有特别的好感，这我们从李白的《黄鹤楼送孟浩然之广陵》一诗可得到佐证，"维扬忆旧游"是忆维扬旧游的倒装，"旧游"即老友，诗人身在异地他乡，不免忆念起在扬州的老朋友来，在月夜孤舟之中怆然泪下，只有将对朋友的无穷思念之情遥寄到扬州去（海西头，也即扬州，因扬州在海之西）。整首诗可以说是景为情写，情从景来。

　　这首诗与《宿建德江》是孟浩然在游历了富春江后写下的姐妹篇。

唐·吴融
《富春》赏析

天下有水亦有山，富春山水非人寰。

长川不是春来绿，千峰倒影落其间。

〔作者简介〕

吴融（850—903），字子华，越州山阴（今绍兴）人。唐龙纪元年（889）进士。

〔作品赏析〕

晚唐诗人吴融曾经以"富春"为题写有两首诗，另一首七律的首联"水送山迎入富春，一川如画晚晴新"和尾联"严光万古清风在，不敢停桡更问津"是名句。而这首七绝用明白如话的诗句写出了富春山水之美、之奇。

诗的意思是这样的：天下既有水也有山，然而富春江的山水却并非人间所有。富春江啊，并不是春天来了她才绿，而是千万座山峰的倒影才使她变得那样绿。整首诗紧扣住"非人寰"三字来写，并且打破了一般写江是"春来江水绿如蓝"的写法，而是别出心裁地将江水的绿归结为由于两岸群山倒映水中的缘故，写出了富春江的山与水是不可分割的整体，画出了一幅有山有水、山水融合的富春江水墨画。

富春江的这种山水相融的特点，正是诗人赞叹她"非人寰"的缘由吧。

明·张以宁
《过桐庐》赏析

江边三月草萋萋，绿树苍烟望欲迷。
细雨孤帆春睡起，青山两岸画眉啼。

〔作者简介〕

张以宁（1301—1370），字志道，古田（今属福建）人。元朝泰定四年（1327）进士。

〔作品赏析〕

在众多描绘富春江的诗当中，元末明初诗人张以宁的七绝《过桐庐》要算是写得清新隽永的了。

因为诗人把富春江放在春天这个生机勃勃的季节来写，使她成为一条名副其实的"富春江"，简直让人望而欲迷。诗的第一句能让读者体味到"江南三月，莺飞草长"的意境（萋萋，草盛的样子），而溟朦的烟雾笼罩着江边的绿树，更给富春江增添了无穷的韵味。诗人经过一夜的酣睡，"春眠不觉晓"，等他一觉醒来，却发现蒙蒙细雨中的富春江两岸的景色是如此迷人，山中还传来声声悦耳动听的画眉鸟的歌唱时，禁不住深深地被陶醉了……

　　这首诗写得色、形、声具备，让读者如观其景，如闻其声，仿佛觉得也借着一叶白帆飘荡于这迷人的富春江之中。

清·纪昀
《富春至严陵山水甚佳》二首赏析

沿江无数好山迎，才出杭州眼便明。
两岸濛濛空翠合，琉璃镜里一帆行。

浓似青云淡似烟，参差绿到大江边。
斜阳流水推篷坐，翠色随人欲上船。

〔作者简介〕

纪昀（1724—1805），字晓岚，号石云，清朝直隶献县（今河北）人。

〔作品赏析〕

清朝大才子纪昀在游历了富春江后，写下四首七绝，总题为《富春至严陵山水甚佳》。"甚佳"充分表达了诗人对富春江山水的由衷赞叹。此选二首赏析。

这是第一首，诗的首句明白如话。诗人行舟江中，看到的自然是两岸连绵起伏的山峰，因而落笔就写山。而这一句妙就妙在一个"迎"字，它把山拟人化了，仿佛两岸群山都在欢迎船上的游人，读来让人感到亲切。紧接着写自己强烈感受到一进入富春江便觉得两眼明亮，因为所见都是清朗明媚的美景。后两句的写景就呼之而出：两岸青山在烟雾迷蒙中连成一片，和第一句相对应。末句中的"琉璃"是一种有色透明的矿物质材料，用它来比喻明净如镜的江面是最恰当不过了。借帆代船，为我们描绘了一幅清丽的富春江行舟图。

后一首是四首七绝中的第三首，是最让人喜爱的一首。

诗的首句两个"似"字，形象地画出了荡漾起伏的富春江水绿色深浅的变化，而这或深或浅的绿色一直蔓延到江边（参差，原意为高低不齐，在诗中形容波浪起伏），这不仅使读者看到了满江的绿色，也望见了满眼绿色的江岸，这是一个令人销魂的绿色世界。因而，诗人手推船篷，在夕阳中的富春江上任流飘荡，仿佛觉得那一江翠色也理解人的游兴，想要跳到船上来与人嬉闹一般。这样，就不但把江水写活了，而且也从侧面抒发了诗人对江水之绿的赞美和感叹之情。

这首诗运用比喻、拟人的修辞手法，写得十分生动、形象。

清·刘嗣绾
《自钱塘至桐庐舟中杂诗》赏析

一折青山一扇屏，一湾碧水一条琴。

无声诗与有声画，须在桐庐江上寻。

〔作者简介〕

刘嗣绾（1762—1820），字醇浦，号芙初，阳湖（今江苏武进）人。嘉庆进士。

〔作品赏析〕

在历代歌咏桐庐的诗词当中，这首七绝是最准确地表达潇洒桐庐"诗画山水"特点的诗之一。一折折青山如同一扇扇画屏（无声诗），而一湾湾碧水又似一条条古琴，正弹奏出一曲曲山水清音（有声画），这令人陶醉的无声诗与有声画，须在桐庐江上才能找寻得到。我国古代常常把中国山水画称作"无声诗"，而称音乐和诗歌为"有声画"，实在是太恰如其分了。

宋·杨万里
《舟过桐庐》赏析

潇洒桐庐县，寒江缭一湾。

朱楼隔绿柳，白塔映青山。

稚子排窗出，舟人买菜还。

峰头好亭子，不得一跻攀。

〔作者简介〕

杨万里（1127—1206），字廷秀，号诚斋，吉州吉水（今江西吉水）人。宋绍兴二十四年（1154）进士。是"南宋四大家"之一。

〔作品赏析〕

杨万里是与陆游齐名的南宋著名诗人，他仕途坎坷、几度浮沉，年近半百时升任漳州知州，赴任途中写有《甲午出知漳州晚发船龙山暮宿桐庐》二首诗，其中之一"一席清风万壑云，送将华发得归身。海潮也怯桐江净，不遣涛头过富春"写得意气扬扬。杨万里据说一生写了二万多首诗作，自然也给我们留下了不少描写富春江的诗，仅取题为《舟过桐庐》的五律便有三首，此即其一。

这首诗的首联十分准确地点明了桐庐县城的地理环境（"寒江"当指明澈而给人清寒之意的江水，"缭"即环绕），而"潇洒桐庐"显然是沿用范仲淹的《潇洒桐庐郡十绝》而来。诗的第二联简直就是桐君山的一幅彩色照片：朱楼藏匿于绿柳之间，白塔映衬在青山之上，色彩何等鲜明。而第三联所写渔民的小孩子们趴在窗口等待大人买菜回家的情景，又为这幅彩照增添了生气和活力。"排窗出"也有版本作"挑窗出"，乃误。挑窗非小孩子动作。且未能表达几个小孩趴在窗口等待大人的场景。尾联是写桐君山上有着漂亮的亭子（"峰头"句有的版本也作"峰回"），可惜诗人大概由于赴任心切，归心似箭，竟没有弃舟上岸到桐君山潇洒登一回，不然，他一定会给我们留下更多更美的诗篇。

元·钱彦隽
《桐溪》赏析

桐君山下望层城，万顷烟波一叶轻。
绿树朦胧残照落，不知何处棹歌声。

〔作者简介〕

元朝诗人，生卒年生平不详。

〔作品赏析〕

元朝诗人钱彦隽的这首诗给我们描画了一幅富春江夕照图。诗人的立足点是在桐君山顶，望着山下鳞次栉比的桐庐古城，望见烟波浩渺的富春江上荡着一叶轻舟，而烟雾笼罩下的江边绿树在余晖里看去又是那样的朦胧、迷离——这是一幅多么迷人的鸟瞰图。而画外又传来了船夫的高歌声，给这幅画赋予了无穷的生机。

明·孙纲
《桐君》赏析

以桐为姓以庐名，世世代代是隐君。

夺得一江风月处，至今不许别人分。

〔作者简介〕

孙纲，明朝人，生卒年不详，丹徒（今江苏丹徒县）人。嘉靖年间任桐庐县典史。此诗写于嘉靖元年（1522），刻于桐君山摩崖。

〔作品赏析〕

桐庐毫无疑问是我国隐逸文化的发源地。除了东汉高士严子陵、晚唐处士方干等大隐之人外，另一位更大的隐者便是桐君。他在桐庐东山结庐为屋采药治病，人问其名便指桐为姓，因而后人尊称其桐君（君是古时对男子的尊称），山也因此而名，县也因他而得名。桐君老人原本姓甚名谁，无人知晓，因而诗人感叹："以桐为姓以庐名，世世代代是隐君。"桐庐不仅是一个县的名字，也是这位隐者的姓名。桐君山地处富春江与分水江交汇之处，地理位置优越，山也好，人也罢，都夺得了一江风月处，至今不允许别人分享。其实，面对悬壶济世的大隐大德之人，还有谁能够分得去呢？

唐·李白
《酬崔侍御》赏析

严陵不从万乘游，归卧空山钓碧流。

自是客星辞帝座，元非太白醉扬州。

〔作者简介〕

李白（701—762），字太白，号青莲居士。祖籍陇西，幼居
浔州昌隆（今四川江油）。我国伟大的浪漫主义诗人，有"诗仙"
之称。

〔作品赏析〕

这是李白答谢好友崔成甫的诗。崔曾任校书郎、摄监察御
史。有诗赠李白。

诗中严陵，即严子陵，名光，东汉人。少曾与刘秀同游学。
刘秀即帝位后，严光退隐于桐庐富春山。万乘：指帝王。按周

制，天子地方千里，能出兵车万乘，因以"万乘"指天子。碧流指富春江。客星，即严子陵。据《后汉书·严光传》载：严光与光武帝共卧，足加帝腹。太史奏：客星犯御座甚急。元非即原非。太白是指太白金星，又是李白自指。

诗的意思是说，严子陵不愿做光武帝的随从，归卧富春山，空钓一江碧流。我也像客星严光一样，毅然告辞皇帝，并不是太白金星醉卧扬州啊。

此诗写得空灵洒脱，既称颂了严子陵不事王侯的高风亮节，又表达自己效仿严子陵的无奈。同时也对同病相怜遭遇贬谪的崔侍御给予劝慰。"元非太白醉扬州"，即回应了崔诗"金陵捉得酒仙人"句。

宋·苏轼
《行香子·过七里滩》赏析

　　一叶舟轻，双桨鸿惊。水天清、影湛波平。鱼翻藻鉴，鹭点烟汀。过沙溪急，霜溪冷，月溪明。

　　重重似画，曲曲如屏。算当年、虚老严陵。君臣一梦，今古空名。但远山长，云山乱，晓山青。

〔作者简介〕

　　苏轼（1037—1101），字子瞻，号东坡居士，世称"苏东坡"。眉州眉山（今属四川）人。北宋文学家、书画家。是"唐宋八大家"之一。词开豪放一派。

〔作品赏析〕

　　苏轼这首"行香子"词牌钓台词，题目也作"过七里濑"。七里滩（濑），即子陵滩（濑），此外又有严滩（濑）、严陵滩

（濑）等称谓，是严子陵钓台下一段急流险滩。如今因为富春江水电站大坝，形成波平水深的富春江小三峡景区。

这首词描写的七里滩风光与现在特别接近。上阕描写清澈宁静的江水之美：一叶荡着双桨的小船，象惊飞的鸿雁一样，轻快地掠过水面。水天一色，波平如镜。清澈透明的水草间，鱼儿尽情翻游。白鹭悠闲自得地飞落在烟雾蒙蒙的水边沙洲。紧接着的三个短句，节奏轻快。沙溪，是清澈见底水流湍急的白天溪流；霜溪，是清冷而有霜意的拂晓溪流；月溪，当然指明亮的月光下溪流。三个不同时辰的舟行之景用短短的九个字跃然眼前。

词的下阕，开篇就用两个比喻描写两岸似画如屏，美不胜收。紧接着便以严子陵与光武帝的典故转入议论，表达人生如梦的感慨：无论君臣，而今都已梦一般消失，只留下空名而已。只有山川才是永恒的。

苏轼这首词写得隽永含蓄，韵味无穷，是严子陵钓台诗词中的佳作。

宋 · 姚镛
《桐庐道中》赏析

两岸山如簇，中流锁翠微。

风帆逆水上，江鹤背人飞。

野庙青枫树，人家白板扉。

严陵台下过，不敢浣尘衣。

〔作者简介〕

姚镛，生卒年不详，字希声，号雪蓬，剡溪（今浙江嵊州）
人，宋嘉定十年（1217）进士。曾知赣州。

〔作品赏析〕

这是宋朝诗人姚镛从水路途经桐庐子陵滩时写下的一首五言
律诗。它真切地描绘了富春江两岸的景致。第一句写富春江两岸
山的众多（簇，聚集），第二句中的"翠微"也是指两岸青山，

这一句是"翠微锁中流"的倒文。首联的意思是两岸连绵的山峦仿佛挡住了江水的去路。颔联写作者乘坐的帆船逆水而行，而江上的白鹤却顺流东飞，正好与船上的人"背道而驰"。颈联写的是江岸所见，"野庙"与"人家"互现其趣，"青枫树"和"白板扉（门）"相得益彰。尾联是说船过严子陵钓台时，诗人大概慑于严先生的高风亮节，或是怕惊动先生，而未歇脚。"尘衣"，满身途尘的衣服，"浣尘衣"即指途中休息。

整首诗风格清丽，二、三两联对仗十分工巧，读后给人留下深刻的印象。

宋·李清照
《夜发严滩》赏析

巨舰只缘因利往，扁舟亦是为名来。
往来有愧先生德，特地通宵过钓台。

〔**作者简介**〕

李清照（1084—1151），号易安居士，济南人，为宋代著名女词人。

〔**作品赏析**〕

在数以千计题咏严子陵钓台的诗词当中，李清照的这首《夜发严滩》写得别有趣味，它从侧面歌赞了严先生的高风亮节。

诗的意思是说，乘坐大商船的人往往是因为追求利益而往来于富春江上，坐在一叶扁舟上的人也是为了追求名利而奔波于此。无论是商人还是为官之人，往来于严子陵钓台都有愧于严先生的品德，于是特地悄悄地通宵路过钓台，不敢在此停留。

其实类似的表达在其他的诗中比比皆是，而清朝文人张必敬的一首五言诗更是与李清照此诗一脉相承、异曲同工："公为名利隐，我为名利来。羞见先生面，黄昏过钓台。"

唐·章八元
《归桐庐旧居寄严长史》赏析

昨辞夫子棹归舟，家在桐庐忆旧丘。

三月暖时花竞发，两溪分处水争流。

近闻江老传乡语，遥见家山减旅愁。

或在醉中逢夜雪，怀贤应向剡川游。

〔作者简介〕

章八元（743—829），字虞贤，浙江桐庐人。唐大历六年
（771）进士。

〔作品赏析〕

唐朝时的桐庐，曾经诗人辈出，其中"一门三进士"的"三
章"令人刮目相看：章八元，儿子章孝标（元和进士）、孙子章
碣（乾符进士）。"三章"的家乡在当时的桐庐常乐乡（今横村

镇香山村）。章八元自幼能诗，人称"章才子"，这首诗很好地表达了章八元对家乡桐庐的热爱之情。

这是一首赠别诗，写给章八元的老师严维（严维时任河南幕府，故称长史）。严维是越州山阴（绍兴）人，是唐朝比较活跃的一位诗人，与刘长卿、崔峒、岑参等多有交往，他也到过桐庐，并有"处处云山无尽时，桐庐南望转参差"（《发桐庐寄刘员外》）的诗句。章八元此诗的首联是说昨天我告别先生您乘上了归乡的船，家在桐庐自然让我回忆起熟悉的山水和屋舍。颔联告知我们归乡的时间和路途：三月春暖时节百花齐放，途经桐庐县城处，富春江和分水江两江争流。颈联写得极富人情味，临近家乡听到分水江边老人在说着家乡的方言，传达着家乡的消息，仿佛遥见家乡的山水，便减少了旅途的愁思。尾联笔锋一转作者从归乡的喜悦中抽离出来，说或许人生常常会在醉中正逢孤寂的处境（"夜雪"显然是取用白居易的五绝《夜雪》，表达诗人谪居江州时的孤寂心情），怀想贤师我应该去您的家乡游历剡溪啊。

此诗把章八元的思乡之情和尊师之义有机地结合起来，因而读后让人心生感慨。

宋·柯约斋
《瑶琳洞》赏析

仙境尘寰咫尺分，壶中别是一乾坤。

风雷不识为云雨，星斗何曾见晓昏。

仿佛梦疑蓬岛路，分明人在武陵村。

桃花洞口门长掩，暴楚强秦任并吞。

〔作者简介〕

柯约斋，生卒年不详，宋严州桐庐县至德乡（今浙江桐庐瑶琳镇）人，于宋宝佑四年中与文天祥同榜进士。

〔作品赏析〕

桐庐县境内著名的景点瑶琳仙境是上世纪七十年代末被人重新发现并开发旅游的，一时名闻遐迩，游人纷至，瑶琳洞被誉为"全国诸洞冠"。其实瑶琳洞在历史上多有记载，早在宋代当地诗人柯约斋就写了这首七律《瑶琳洞》，据目前资料他是第一个写瑶琳洞的诗人。

　　诗的首联意思是说仙境与人间近在咫尺相分隔，在仙境中的确是别一天地。颔联即具体写这方天地，意思是说在洞中不知道什么是风雷云雨，看不到日月星辰，也没有白天和黑夜的区别。颈联是说仿佛梦中来到蓬莱岛的仙路之中，而人分明是在武陵村（即桃花源）中。尾联桃花源的洞口门长久地关闭着，任凭洞外粗暴的楚国和强盛的秦国互相吞并，也与洞内的别一天地无关。

　　这首《瑶琳洞》很好地紧扣仙境来写，因而它毫无疑问应该成为宣传瑶琳洞的代表作。

跋

桐庐，因为天下独绝的奇山异水、得天独厚的水上交通和独领风骚的钓台古迹，古往今来，成为历代文人雅士向往之地。他们在此流连忘返，吟诗填词，留下数以千计的诗词佳作，为桐庐积淀了深厚的"诗词文化"，也为桐庐留下流传千年的"潇洒桐庐"美誉。

富春江尤其是桐江段历代诗词佳作，是一座丰富的矿藏，值得我们去探寻，去发现，去挖掘。从而在研究中传承，在传承中弘扬。

因为热爱，所以投入。这么多年来，我把大部分业余时间都花在读诗研诗上，从历代富春江诗词中，寻觅桐庐的美景名人、风土人情，寻觅桐庐之潇洒。在研读中不断有新发现新收获。我业余研究范仲淹，就是从阅读富春江诗词开始的；去年发表于《人民日报海外版》关于王阳明与桐庐严滩的文史散文，也是细读钓台古诗的意外收获；在研读中又先后提出"桐庐是我国茶文

化的发祥地""桐庐是中国山水诗的发祥地",这些观点受到省市
有关专家和县领导的关注,分别予以采纳。2016 年我还应杭州商
学院之邀给大学生们开设了一门"富春江诗词文化赏析"的通识
课。时任学院党委书记严毛新先生为我赠诗一首:"富春江畔诗
桐庐,引经据典董名儒。塘㘰归云商学子,仲淹子陵入心途。"
只是我受之有愧。

去年,我县邀请浙江师范大学诗路文化研究院编制桐庐诗路
文化建设规划。我受县有关部门之邀多次参加相关活动,提供有
关资料,并赴浙师大人文学院和诗路文化研究院交流考察,为规
划编制建言献策。

对我来说,能够通过富春江诗词文化研究与弘扬,为我爱入
骨髓的潇洒桐庐贡献一点绵薄之力,无疑是幸福的。

感谢桐庐县文化和广电旅游体育局在"潇洒桐庐"富春山居
文旅丛书项目中,选择《诗说桐庐》作为开篇之作,让我得以将
散落在报刊的诗话文章汇编成册,我乐意无偿提供这批文稿。但
愿本书能够为桐庐文旅融合发展抛砖引玉,为钱塘江诗路文化带
建设助一臂之力。

《诗说桐庐》分为四个版块编排,"桐江诗论新说",是较为
完整地提出新观点新思路的几篇诗论;"诗中寻味觅色",是一组
诗话随笔,包括前几年连载的专题文章"桐庐与山水诗",这部
分文章切口不大,轻松活泼,在写法上作了点探索与尝试;"走
近诗人诗作",是与某位诗人密切相关的诗论和介绍诗人的散文。
最后一部分诗词赏析小文,以桐庐、富春江、桐君山、严子陵钓

台等重要节点编辑，以求让读者"品诗词游桐庐"，限于篇幅，选诗不多，好在前三部分文章中精选有一百余首完整的诗词和几百条金句，有的也作了简要赏析。本书就像我集中交出的答卷，期待各位方家评判。

感谢桐庐县委宣传部对本书出版的大力支持。

感谢鲁迅文学奖得主、浙江省作家协会副主席、省散文学会会长陆春祥兄拨冗为拙著作序。

最后，谨以宋代大文豪苏轼《和董传留别》中的名句"粗缯大布裹生涯，腹有诗书气自华"，与读者朋友们共勉。

董利荣
2020 年春于富春江畔